Die Moosburger
VERSUNKENES GEHEIMNIS

von
Marco Rota

Marco Rota

Die Moosburger
VERSUNKENES GEHEIMNIS

1. Auflage, Dezember 2022

© 2022 Marco Rota
Alle Rechte vorbehalten.

Umschlaggestaltung, Layout und Satz:
Laura Newman | lauranewman.de

Lektorat: Anke Müller | spannung-zwischen-den-zeilen.de
Korrektorat: Christiane Kathmann | lektorat-kathmann.de
Fotos: Timo Stump | timostump.ch
Logo: Thomas Wobmann | designresort.ch

Herstellung und Verlag:
BoD – Books on Demand, Norderstedt

ISBN: 978-3-7568-4034-2

Printed in Germany

Dieser Titel ist auch als E-Book erschienen.

Bibliografische Information der Deutschen Nationalbibliothek:
Die Deutsche Nationalbibliothek verzeichnet diese Publikation in der Deutschen Nationalbibliografie; detaillierte bibliografische Daten sind im Internet über www.dnb.de abrufbar.

www.marco-rota.com

KAPITEL 1
BEN

Die letzten Tage waren total abgefahren. Ich scrolle durch die Fotos auf meinem Handy und kann kaum glauben, was alles passiert ist.

Erschöpft lege ich mich aufs Bett. Der warme Abendwind pfeift durch das gekippte Fenster. Ob ein Gewitter aufzieht? Hoffentlich gibt es eine Abkühlung, dann kann ich besser einschlafen.

Bei einem Foto halte ich inne. Es zeigt Nika, Juna, David und mich am Seeufer, gleich nachdem wir im See unsere Freundschaft besiegelt hatten. Eine Freundschaft, die ich so noch nie hatte. Ich staune darüber, was sich vor diesem Foto ereignet hat.

Es begann bei der Schulexkursion auf der Moosburg, kurz vor den Sommerferien. Ich habe ein Trommeln aus den Steinwänden der Ruine gehört. Dass sich dahinter ein magischer Kompass verbirgt, habe ich erst später entdeckt.

An diesem Abend hat er Nika, Juna, David und mich auf einem Spielplatz am See zusammengeführt. Ich kriege jetzt noch Gänsehaut, wenn ich daran denke. Dort wurden wir zum ersten Mal von den Vergessenen angegriffen, dunkle, mit Kapuzen verhüllte Gestalten.

Durch Madame Gecka, eine gruselige, aber liebevolle Echsenfrau, haben wir erfahren, dass eine Parallelwelt existiert, von der die meisten Menschen nichts ahnen. Hier, in unserer Stadt, gibt es versteckte Portale, die in diese Welt führen. Wesen, die wir nur aus Gruselgeschichten kennen, haben durch sie einen Weg in die Welt der Menschen gefunden.

So ist das Mimpf-Mampf-Monster in unsere Stadt gelangt und hat sich im blubbernden Moor eingenistet. Dort haben wir den Totenkopfkelch aus dem Schlamm gehoben, der nun bei Madame Gecka ist. Sie möchte ihn untersuchen und herausfinden, was es damit auf sich hat.

Ohne Madame Gecka und die Moosburger-Buttons, die wir nach der Mutprobe in der Drachenhöhle bekommen haben, hätten wir das blubbernde Moor niemals überstanden.

Auf den Buttons ist ein Schlangenkopf zu sehen: Serpent, die Wächterin der Moosburg. Sie hat die früheren Moosburger begleitet, so wie Madame Gecka jetzt uns beisteht, während wir versuchen, das Geheimnis dieser vergessenen Welt zu lüften.

Mir fehlt der Durchblick, um das alles zu verstehen. Doch nach dem, was wir erlebt haben, weiß ich, dass das erst der Anfang war.

Die Sommerferien haben begonnen, und seitdem wir dieses Foto am See geknipst haben, hat es keine merkwürdigen Zwischenfälle mehr gegeben. Aber wir treffen uns weiterhin, um Spaß zu haben und gemeinsam zu verdauen, was passiert ist. Madame Gecka meint, dass es die bekannte Ruhe vor dem Sturm sei und wir wachsam bleiben sollen.

Ich wische weiter durch die Fotos und halte bei einer Nahaufnahme von Nika inne. Ich lächle, weil ihr Lachen auf dem Foto ansteckend ist. Hier lacht sie so sehr, dass man ihre Zahnlücke sieht.

Aber seit einigen Tagen verhält sie sich seltsam. Sie verabschiedet sich früher, wenn wir uns als Gruppe treffen, und wirkt abwesend und nachdenklich. Als ob sie etwas mit sich herumträgt, über das sie nicht reden möchte. Am liebsten würde ich sie fragen, was los ist, aber ich traue mich nicht.

Sie war von Anfang an merkwürdiger als wir anderen. Ich erinnere mich, als sie zum ersten Mal mit ausgestreckten Armen im See stand. Das Wasser reichte ihr bis zu den Knöcheln und es sah aus, als ob sie einen Geist heraufbeschwören würde. Sehr abgedreht.

Mittlerweile wirkt es normal, wenn sie das tut. Aber warum sie das macht, kapiere ich trotzdem nicht. Anscheinend spürt sie durch das Wasser, wenn irgendwelche gruseligen Wesen in der Nähe sind. Obwohl uns das hilft, kann ich mir das nicht erklären.

Ich zoome ihr Gesicht auf dem Foto heran. Dieses Lachen würde ich gerne wieder in echt sehen.

Ein seltsames Licht holt mich aus den Gedanken. Die Wände in meinem Zimmer schimmern plötzlich grün. Als ich das Handy auf die Bettdecke lege, merke ich, dass der

Kompass auf dem Schreibtisch aufleuchtet. Mein Atem setzt für ein paar Sekunden aus.

Ich weiß noch nicht, wie der Kompass genau funktioniert. Durch die Ereignisse der letzten Tage vermute ich, dass er immer dann leuchtet, wenn er uns etwas zeigen möchte.

Das Ganze wirkt wie ein Traum. Was will der Kompass von mir? Zeigt er mir etwas Neues? Was, wenn es wieder so schlimm wird wie letztes Mal?

Ich stehe auf und gehe langsam zum Schreibtisch. Auf dem Weg dorthin höre ich, dass sich die Nadel wild um die eigene Achse dreht. Genau so hat es beim ersten Mal auch angefangen.

Ich nehme den Kompass in die Hände und von einem Augenblick auf den anderen verharrt die Nadel. Sie zeigt auf mein Fenster und wippt fein hin und her, als ob sie mich auffordern wollte, sofort in diese Richtung zu gehen.

JUNA

Mist, ich muss mich beeilen. Die Wolken haben den Himmel innerhalb von Sekunden verdunkelt. Weltuntergangsstimmung.

Die Wetterapp hat zwar ein Gewitter angekündigt, aber erst für die Nacht. Flocke schnaubt und scheint zu merken, dass sich etwas zusammenbraut. Ich muss dringend zurück zum Reiterhof. Ob Oma schon dabei ist, die Pferde von der Weide in den Stall zu bringen?

Ich gebe Flocke durch die Zügel ein Zeichen, damit sie vom Schritt in den Trab wechselt, obwohl ich auf dem Waldweg lieber langsam unterwegs bin. Vor allem seit der Begegnung mit diesem Vergessenen. Das war echt gruselig und ich glaube, nicht nur ich, sondern auch Flocke hat noch Albträume davon.

Das war der Abend, an dem mich Ben gerettet hat und ich ihn besser kennengelernt habe. Wie schön wäre es, wenn ich mit ihm einmal ausreiten könnte. Doch Pferde sind nicht so sein Ding.

Flocke und ich verlassen den Wald und ich erkenne den Reiterhof am Ende des Weges. Die Pferde auf der Weide wirken verängstigt. Wo bleibt Oma? Letztes Jahr hat dort ein Blitz eingeschlagen und einige Pferde sind ausgebüxt. Seitdem ist Oma vorsichtiger geworden und holt sie bei einem Gewitter früher rein.

Ich führe Flocke im Stall in ihre Box und merke, wie erleichtert sie ist.

»Oma?« Keine Antwort.

Dann werde ich die Pferde alleine in den Stall bringen, bevor das Gewitter hier ist.

Flocke schnaubt und tänzelt unruhig.

»Alles gut, kleine Maus.« Ich streichle sanft ihren Kopf. »Ich bin gleich wieder zurück.«

Der Wind pfeift durch die offene Stalltür. Jetzt wird es höchste Zeit. Schnell laufe ich nach draußen und werfe einen Blick auf die Weide. Scheint alles in Ordnung zu sein.

Als ich kurz zum Waldrand hinüberblicke, halte ich vor Schreck den Atem an. Dort steht eine dunkle Gestalt. Ich schiebe meine Brille zurecht und schaue genauer hin.

Gott sei Dank, es ist kein Vergessener. Die Kapuzengestalt von jenem Abend hat deutlich gruseliger und bedrohlicher ausgesehen. Trotzdem macht sie mir Angst. Sie starrt in meine Richtung und in ihrer rechten Hand lodert ein kleines Feuer. Vielleicht eine Fackel? Ich kneife die Augen zusammen und bemerke, dass die Gestalt leicht über dem Boden schwebt.

»Juna!«

Ich zucke zusammen und drehe mich um. Oma stolpert aus dem Haus und kommt angerannt. Erleichtert atme ich auf.

»Schnell! Wir müssen die Pferde in den Stall bringen.«

»Ich habe dich gesucht. Flocke ist schon in ihrer Box versorgt.«

»Gut gemacht. Holen wir die anderen.«

Bevor ich Oma hinterhereile, blicke ich nochmals zum Waldrand. Die Gestalt ist verschwunden.

DAVID

Was für eine Kackidee, heute auf dem Außenplatz Tennis zu spielen. Die aufziehenden Wolken sehen nicht gut aus. Eigentlich liebe ich es, unter freiem Himmel zu trainieren, vor allem seit es hier eine Ballmaschine gibt.

Die spuckt den nächsten Ball aus, den ich sauber übers Netz zurückspiele. Zack! Schon kommt wieder einer. Erneut ein Treffer. Heute bin ich in Topform.

Seit ich mit meinem Vater gesprochen habe, ist es ein völlig neues Gefühl, auf dem Platz zu stehen. Bisher hatte ich auch noch keine Panikattacken. Das wird bestimmt nicht so bleiben, doch im Moment fühlt es sich gut an, hier allein und frei trainieren zu können.

Das Grollen des Donners hält mich nicht davon ab, ein paar weitere Bälle zu spielen. Das Rauschen der Bäume vom Waldrand her beruhigt mich. Fast meditativ.

Mein Herz pocht, ich fühle meinen Körper wie schon lange nicht mehr. Ich schlage fester, sodass die Bälle bis zum Gitterzaun fliegen und dort abprallen. Diese Energie rauszulassen ist befreiend.

»Du brauchst wohl ein Extratraining, was?«

Nein. Diese Stimme. Nicht hier. Nicht jetzt. Kann er mich nicht in Ruhe lassen? »Hast du keine anderen Hobbys, als mir auf die Nerven zu gehen?«

»Hey, bleib locker. Ich habe genauso das Recht, hier zu sein.«

Ich fische die Fernbedienung der Ballmaschine aus meiner Sporthose und drücke auf Stop. »Der Platz gehört dir. Ich bin fertig.«

»Das sah aber nicht so aus.« Luca parkt sein Fahrrad am Gitter und betritt den Platz. »Wie wär's, wenn wir gemeinsam eine Runde spielen?«

Bei diesem Gedanken zieht sich mein Magen zusammen. Gerade jetzt, wo es so gut läuft, kehrt Luca zurück. Und mit ihm die Angst.

»Außer wenn du Schiss hast, dann verstehe ich das natürlich.« Sein hämisches Grinsen trifft meinen wunden Punkt, den er bestens kennt.

Ich atme tief durch und bleibe stark. »Kein Interesse. Such dir einen anderen Gegner.«

»Ich meine es doch nur gut.« Er legt den Arm auf meine Schulter, als ob wir beste Freunde wären. »Du und ich. Wir könnten groß rauskommen.«

Ich schüttle seinen Arm ab. »Du hast schon alles, was du willst. Mich brauchst du dafür nicht.«

»Dumm nur, dass der Trainer mehr in dir sieht, als du drauf hast.« Luca wirft mir einen abschätzigen Blick zu.

Ich zucke mit den Schultern. »Dafür kann ich nichts.«

Er schnaubt und beißt die Zähne zusammen. »Weißt du, was ich an dir hasse?«

»Du wirst es mir sicher gleich sagen.«

»Dir bedeutet dieser Sport rein gar nichts und trotzdem wirst du von allen Seiten gefördert.«

Die Wut strömt explosionsartig durch meinen Körper. »Halt deine Klappe! Du hast keine Ahnung, wie es für mich ist.«

Tränen sammeln sich in meinen Augen. Schnell verstaue ich das Racket in der Tasche und packe alles zusammen, um so rasch wie möglich von hier wegzukommen. Wieso schafft es Luca immer, mich zu erniedrigen?

»Jetzt sei doch nicht so.« Er will mich zurückhalten, doch ich gehe einfach weiter und eile über den Platz Richtung Ausgang. Das war's. Ich möchte nur nach Hause.

Doch Luca holt mich ein, stellt sich vor mich und hält die Gittertür zu. »Nein, du kannst nicht immer davonlaufen. Wir klären das jetzt.«

»Es gibt nichts zu klären.« Ich drücke ihn von der Tür weg, aber er wehrt sich und bleibt davor stehen. »Und ob. Du redest mit dem Trainer. Wenn sich nicht immer alles um dich dreht, hat er endlich Zeit, sich auf die wahren Talente zu konzentrieren.«

Ich weiß nicht, ob ich wütend bin oder Mitleid mit ihm haben soll. »Erklär du ihm doch, dass du dich benachteiligt fühlst. Das wäre zumindest ehrlicher, als mich auszubremsen.«

Das hat gesessen. Luca beißt die Zähne zusammen und innerlich rechne ich damit, dass er mir gleich eine reinhauen wird. Stattdessen öffnet er die Tür, schubst mich beiseite und stampft schnaubend zu seinem Fahrrad.

Ein Schauer läuft mir den Rücken hinunter. Nicht wegen Luca, sondern wegen dem, was ich nur wenige Meter neben ihm im Gras entdecke.

KAPITEL 2
BEN

Es ist verflixt dunkel. Um diese Zeit ist es im Sommer sonst heller, doch die Gewitterwolken geben mir das Gefühl, als ob es schon spät nachts wäre.

Die Blitze hatte ich vorhin als Wetterleuchten abgestempelt. Jetzt fallen sie näher und das feine Grollen des Donners kündigt an, dass das Gewitter bald über mir sein wird.

Der Kompass leuchtet weiterhin giftgrün. Ich bin also noch nicht am Ziel. Die Nadel zeigt geradeaus und führt mich zu einem Waldrand. Einer der schlechtesten Orte, an denen man bei einem aufziehenden Gewitter sein kann.

Ob ich umkehren und nach Hause gehen soll? Das Risiko, dass der Kompass erlischt und mir nicht noch mal den Weg anzeigt, bei dem ich vielleicht etwas Wertvolles entdecken kann, ist mir zu groß. Ich muss weitergehen.

In Gedanken höre ich jetzt schon, wie ich einen Anschiss von meiner Mutter kriege. Ausbüxen und bei Gewitter in den Wald gehen – das gibt massig Hausarrest. Und das in den Sommerferien!

Das Rauschen der Blätter wirkt bedrohlich. Die Bäume wanken knarrend im Takt des Windes und mein Herz pocht wild. Ich schaue mich um. Keine Menschenseele weit und breit. Ich bin allein. Echt gruselig.

Ob ich den anderen Moosburgern Bescheid geben soll? Aber bis die hier sind, wird es eine gefühlte Ewigkeit dauern. Der Kompass hat mich bisher immer gerettet, indem er bei Gefahr eine Richtung anzeigte. Ich vertraue darauf, dass er mich auch diesmal nicht im Stich lassen wird.

Ich gehe weiter, verlasse den Kiesweg und betrete den Wald. Die Kompassnadel bleibt ihrer Richtung treu. Das bedeutet querfeldein. Verwobene Äste versperren mir den Weg. Ich drücke sie beiseite und kämpfe mich durch das Dickicht.

Im Wald ist es dunkler. Es riecht modrig und der Boden ist feucht, obwohl es einige Tage nicht geregnet hat. Ich zücke mein Handy und aktiviere die Taschenlampen-Funktion. Der fahle Lichtstrahl reicht nicht weit. Gemeinsam mit dem Grün des Kompasses wird immerhin die Umgebung beleuchtet.

Ein Knacken lässt mich zusammenzucken. Was war das? Nur ein Tier? Oder doch wieder so ein Zombieschatten? Diese Vergessenen könnten überall lauern, obwohl sie uns in den letzten Tagen in Ruhe gelassen haben.

Nach einigen Metern erreiche ich einen Waldweg. Laut Kompass muss ich dem Weg folgen, also tue ich das. Er führt mich zu einem Weiher, mitten auf einer Lichtung.

Die ersten Tropfen prasseln auf meinen Arm. Durch den Regen entstehen im Wasser feine Kreise. Der Kompass erlischt.

Ich schlucke und fühle mich alleine. Der Kompass hat mir Sicherheit geschenkt. Er hat mir den Weg gezeigt, gewusst, wo es langgeht. Jetzt ist er stumm. Ich verstaue ihn in der Hosentasche.

Alles wird gut. Ob ich mir das nur einrede?

Wieso hat mich der Kompass hierhergeführt? Was soll ich bei diesem Weiher? Hier ist nichts. Der Regen wird stärker. Ein Blitz zuckt auf. Der war verdammt nah. Der Donner, der kurz darauf folgt, bestätigt das.

Ich sollte nicht hier sein. Bei Gewitter geht man nicht in den Wald, das habe ich bei den Pfadfindern gelernt, obwohl ich da nur kurz war.

Ein Ast könnte abbrechen und mich treffen. Bäume werden bei starkem Wind entwurzelt, das ist lebensgefährlich. Erneut zuckt ein Blitz auf und nur eine Sekunde später donnert es. Das macht mir noch mehr Angst.

Okay, jetzt ist echt Zeit, nach Hause zu gehen. Ob ich den Weg zurückfinde? Sicher ist es klüger, den Pfad nicht zu verlassen.

Ein weiterer Blitz nimmt mir die Entscheidung ab. Ich renne den Pfad entlang. Als der Himmel wieder erhellt wird, bleibe ich abrupt stehen. Da vorne ... beim Gebüsch ... da ist etwas.

Ich leuchte mit dem Handy auf die Stelle, doch das Licht reicht nicht bis dorthin. Ein weiterer Blitz und wieder sehe ich es. Was zur Hölle ...

Langsam weiche ich ein paar Schritte zurück in Richtung Weiher. Mein Bauchgefühl sagt mir, dass ich nicht mehr allein bin.

Ich warte auf den nächsten Blitz. Wieso kommt jetzt keiner mehr? Ich fixiere die Stelle in der Dunkelheit genau. *Komm schon ... ich brauche Licht.*

Als es kurz hell wird, schreie ich auf. Ein Vergessener. Ich habe ihn gesehen. Eine dieser dunklen Gestalten, die mich seit meiner ersten Begegnung mit ihnen in den Träumen verfolgen. Ich weiche weiter zurück.

Zack! Wieder wird es taghell. Der Vergessene ist jetzt deutlich näher. Er hat mich entdeckt und kommt auf mich zu. Shit! Was soll ich tun? Mit der Hand fahre ich durch meine inzwischen nassen Haare und gehe weiter rückwärts zum Weiher.

Ich konzentriere mich dabei auf die Stelle, die ich beim letzten Blitz gesehen habe. Kurz blicke ich aufs Handy und will den Moosburger-Chat öffnen. Das Display ist mittlerweile so nass, dass es nicht mehr reagiert.

Verdammt! Wieso bin ich nicht zu Hause geblieben? Vielleicht gibt es einen Fluchtweg?

Als erneut ein Blitz aufzuckt, kann ich nicht glauben, was ich sehe. Ein zweiter Vergessener, der von der anderen Seite auf mich zukommt. Hat mich der Kompass in eine Falle gelockt?

JUNA

Puh! Geschafft. Es schüttet echt heftig und ich bin froh, dass wir alle Pferde rechtzeitig im Stall unterbringen konnten.

»Komm, wir geben ihnen frisches Heu«, schlägt Oma vor und atmet erleichtert auf. »Das beruhigt sie.«

Ich schmunzle. »Nicht nur sie.«

Wir befüllen die Heunetze und schlendern für eine Schlusskontrolle nochmals durch den Stall.

»Wollen wir warten oder rennen?« Ich schließe die Stalltür. Jetzt schützt uns nur noch das Vordach vor dem Regen.

Oma betrachtet andächtig, wie sich das Wasser auf dem Platz sammelt und nur langsam abläuft. »Als Kind habe ich den Regen geliebt.«

»Wieso das denn?«, frage ich irritiert.

»Meine beste Freundin war oft bei uns auf dem Hof. Für meine Eltern war sie fast wie eine zweite Tochter. Immer wenn es regnete, gingen wir nach draußen und haben auf dem Platz getanzt. So lange, bis wir klitschnass und völlig außer Puste waren. Wenn es heute regnet, erinnert mich das an diese Zeit.«

»Das ist wunderschön, Oma.« Ich lege ihr die Hand auf die Schulter. »Kommt sie heute manchmal zu Besuch?«

Oma seufzt. »Sie ist bei einem Fahrradunfall gestorben.«

Ich schlucke. »Das tut mir leid.« Ich weiß nicht, was ich sagen soll.

Oma wischt sich eine Träne vom Gesicht. »Ist schon gut. Das ist schon lange her.«

In diesem Moment habe ich eine Idee. »Weißt du was?« Ich verlasse das Vordach und betrete den Platz.

Oma runzelt die Stirn. »Was tust du da? Du erkältest dich noch.«

»Ich glaube, deine Freundin erinnert sich auch noch an eure Regentänze. Und ich wette, sie schaut jetzt vom Himmel herab.« Ich strecke die Arme aus und blicke nach oben. Auf meiner Brille sammeln sich sofort Regentropfen.

Oma lacht. »Du bist ja verrückt.«

»Worauf wartest du?« Ich tanze los. Wenn mich jemand aus der Schule sehen würde, wäre mir das total peinlich. O Gott! Wenn Ben mich so sehen würde.

In diesem Augenblick spielt das aber keine Rolle, weil Oma jetzt unter dem Vordach hervorkommt und zu wippen beginnt.

Ich greife nach ihren Händen und wir tanzen gemeinsam. Es dauert nur wenige Sekunden, bis unsere Klamotten durchnässt sind. Doch das ist egal, weil es sich frei und wunderbar anfühlt. Oma lacht, so wie ich sie schon lange nicht mehr habe lachen hören.

Das Wippen geht in richtige Tanzschritte über. »Wenn Maria das jetzt sehen könnte.« Oma klatscht in die Hände und lacht weiter.

»Das tut sie, Oma. Das tut sie.« Ich klatsche mit und realisiere, dass ich ebenfalls schon lange nicht mehr so gelacht habe.

Nach dem Tanz nimmt mich Oma in die Arme. »Danke, das hat gut getan.« Sie drückt mir einen Kuss auf die Stirn.

Ich drücke sie fest. »Ja, das hat es.«

Sie löst die Umarmung und schenkt mir ein Lächeln. »Wie wär's mit einem Tee?«

Ich grinse. »Liebend gerne.«

Bevor ich das Wohnhaus betrete, ziehe ich am Eingang meine Chucks und die Socken aus. Kurz blicke ich über den Platz zum Waldrand. Da steht sie wieder. Die schwebende Gestalt mit der lodernden Fackel in der einen Hand. Ich kriege Gänsehaut. Obwohl es regnet, brennt die Fackel.

»Kommst du?« Oma bringt die Chucks ins Haus. »Die stopfen wir mit Zeitungspapier aus, damit sie schneller trocknen.«

Ich schaue zurück zum Waldrand. Die Gestalt ist verschwunden.

DAVID

»Komm sofort zurück!« Mein Atem stockt.

Luca setzt sich grinsend auf sein Fahrrad. »Hast du es dir etwa anders überlegt?«

»Ich meine es ernst. Komm wieder rein und schließ das Gitter.«

Irritiert runzelt Luca die Stirn. »Was geht denn mit dir ab? Du solltest dich mal sehen.«

Ich bringe kein Wort heraus, sondern starre weiterhin auf das Ding, das sich neben Luca aus dem Gras erhebt.

Er bemerkt, dass ich wie schockgefroren dastehe, und folgt meinem Blick.

»Heilige Scheiße!« Sofort steigt er vom Fahrrad ab, lässt es zu Boden fallen und eilt zurück zu mir. Er zieht mich mit, in die Mitte des Platzes. »Was ist das?«

»Die Tür!«, rufe ich, doch es ist schon zu spät.

Luca stellt sich schützend hinter meinen Rücken. »Alter! Siehst du das?«

Ich nicke. Es sieht aus wie ein Heuhaufen, der sich langsam vom Boden erhebt. Zuerst ist mir dieser kleine Hügel im Gras neben dem Eingang gar nicht aufgefallen. Doch jetzt starrt er uns mit zwei rot leuchtenden Augen an und betritt das Tennisfeld.

»Das ist ein Wolf«, haucht Luca direkt neben meinem Ohr. Ich antworte ihm nicht, weil mir die Worte fehlen. Doch er hat recht. Dieses Ding ist größer als ein üblicher Hund. Im Schein der Flutlichtanlage erkenne ich, dass das Fell des Wolfes aus Gras besteht. Ein Wesen, wie aus einer anderen Welt. Damit ist mir klar, von wo dieser *Graswolf* kommt. Eine Bestie aus der vergessenen Welt. Die Ruhe vor dem Sturm, von der Madame Gecka gesprochen hat, scheint vorüber zu sein.

»Bitte, mach, dass er weggeht.« Lucas Stimme zittert. So ängstlich habe ich ihn noch nie gesehen.

Ich lasse die Sporttasche auf den Boden sinken, gehe in die Hocke und ziehe langsam den Reißverschluss der Seitentasche auf.

»Was tust du da?«, flüstert Luca.

»Halt die Klappe«, zische ich.

Der Graswolf setzt eine Tatze vor die andere und nähert sich langsam. Sein Knurren versetzt mich in Panik. Verdammt, wo habe ich ihn hingesteckt? Ich durchsuche mit einer Hand weiter die Seitentasche.

»Was auch immer du da tust, du solltest dich beeilen«, drängt Luca.

»Ich halte dich nicht auf, falls du einen besseren Plan hast«, kontere ich.

Der Wolf ist nur wenige Meter von uns entfernt. Wenn er jetzt springen würde, hätten wir keine Chance. Das bedrohliche Knurren wird lauter.

Wieso habe ich nur so viel Müll in die Seitentasche gepackt? Den Kugelschreiber halte ich schon das dritte Mal in der Hand. Taschentücher, Lippenbalsam, ... wo ist dieses verflixte Teil?

Der Graswolf bellt. Ich erschrecke und halte inne. Dann knurrt er erneut und ich nehme die Suche wieder auf.

»G-ganz ruhig, a-alles gut«, stottert Luca.

»Ich habe ihn!« Siegesgewiss ziehe ich den Moosburger-Button aus der Tasche und halte ihn der Bestie entgegen.

Zeitgleich springt der Graswolf vom Boden ab, direkt auf uns zu.

KAPITEL 3
BEN

Mittlerweile habe ich drei Vergessene gesichtet und befürchte, dass es noch mehr sind. Sie kommen immer näher und haben mich perfekt eingekreist. Ich sehe keinen Ausweg. Hinter mir ist das Wasser, vor und neben mir sind die Vergessenen.

Ich hätte dem Kompass nicht vertrauen sollen. Bisher hat er mich immer aus brenzligen Situationen gerettet. Jetzt scheint das nicht der Fall zu sein.

»Was wollt ihr von mir?«, schreie ich in die Nacht hinaus. Die Worte werden von einem Donner untermalt.

Ich atme flacher. Eine Chance habe ich noch. Hektisch greife ich mit der Hand in meine Hosentasche und nehme den Moosburger-Button heraus. Ich richte ihn auf einen der Vergessenen. Nichts passiert.

Shit! Heute geht wohl alles schief. Irgendwie habe ich erwartet, dass ein Strahl aus dem Button schießt und die Vergessenen vertreibt. Oder dass sich ein Schutzschild um mich herum aufbaut. Wieso haben wir diese Dinger bekommen, wenn sie uns nicht helfen?

Wir haben die Mutprobe in der Drachenhöhle bestanden und sind die neuen Moosburger. Das hat uns Madame Gecka bestätigt. Und trotzdem lassen mich Kompass und Button im Stich!

Als wir im blubbernden Moor waren, haben die Buttons aufgeleuchtet und das Mimpf-Mampf-Monster hingehalten, bis wir gerettet wurden. Genau das möchte ich jetzt auch. Der Button soll die Vergessenen von mir fernhalten.

Ich strecke ihn einem weiteren Vergessenen entgegen. Nichts. Ich muss in den Weiher fliehen.

Meine Schuhe füllen sich sofort mit lauwarmem Wasser. Ob ich auf die andere Seite schwimmen soll? Vielleicht entkomme ich dort diesen finsteren Wesen. Den Button befestige ich an meinem Shirt. Da mein Handy nicht wasserdicht ist, werfe ich es noch schnell zu einem Gebüsch und hoffe, dass es nicht in einer Pfütze landet.

Als ich bis zur Hüfte im Wasser bin, kommt mir der Gedanke, dass mich die Vergessenen nur einschüchtern wollen, sonst hätten sie schon längst angegriffen.

Trotz dieser Vermutung möchte ich nicht in die Hände dieser Wesen geraten. Ich gehe tiefer ins Wasser hinein. So tief, dass ich den Grund des Weihers kaum noch unter den Füßen spüre. Schnell schwimme ich Richtung Mitte.

Das Gewitter ist schon fast vorbeigezogen. Ab und an zucken entfernt noch ein paar Blitze auf. Ich rudere mit den Armen, um auf die andere Seite des Weihers zu gelangen. Sobald ich drüben bin, werde ich losrennen. Hoffentlich sind dort nicht noch mehr Vergessene.

Das Wasser um mich herum leuchtet plötzlich in einem magischen Giftgrün auf. Zuerst denke ich an den Kompass, bis ich realisiere, dass es mein Button ist.

Kurz blicke ich über die Schulter zurück zum Ufer. Dort steht eines dieser Dinger.

Ich schicke ein Stoßgebet in den Himmel, dass dieser verflixte Button nicht nur leuchtet, sondern etwas bewirkt.

Etwas umschlingt meinen rechten Knöchel. Gibt es in diesem Weiher Algen? Panisch schüttle ich das Bein. Es lässt nicht locker. Einen Augenblick später hat es mich so fest umschlungen, dass ich komplett unter Wasser gezogen werde.

Ich strample und halte verzweifelt die Luft an. Die Oberfläche entfernt sich immer weiter von mir. Dass der Weiher so tief ist, hätte ich nicht gedacht.

Ängstlich schaue ich mich unter Wasser um. Vor mir taucht eine Gestalt auf. Zwei grün leuchtende Augen starren mich an.

JUNA

»Das war schön vorhin. Danke, Liebes.« Oma serviert zwei Tassen von ihrem selbst gemischten Tee und einen Teller mit ihren berühmten Haferkeksen und setzt sich zu mir an den Tisch. Das Gewitter hat nachgelassen.

Ich nehme direkt einen Schluck. »Das ist der beste Kräutertee auf der ganzen Welt. Den solltest du in deinem Hofladen verkaufen.«

Oma lacht. Es ist ein herzliches Lachen, das tief von innen kommt. »Ach, weißt du, ich könnte so viele Sachen anbieten, aber dazu fehlt mir die Zeit. Wenn deine Mama wieder hier ist und mir bei den Pferden hilft, ist das vielleicht möglich. Doch solange deine Eltern im Ausland arbeiten, bin ich mit dem beschäftigt, was gerade ansteht.«

Ich seufze. Dass Oma meine Eltern anspricht, habe ich nicht erwartet.

»Du bist mir eine große Hilfe, so meinte ich das nicht.« Oma legt ihre Hand auf meine, weil sie genau merkt, dass mich etwas traurig macht. Sie ist echt spitze darin, solche Dinge zu spüren.

»Das ist es nicht.« Ich schnappe mir einen Keks und werde noch trauriger, als ich hineinbeiße.

Diese Kekse hatte ich in der Schule oft dabei. So lange, bis Lisa angefangen hat, doofe Sprüche zu reißen. Sie hat behauptet, dass die Kekse Pferdefutter wären, und gefrotzelt, dass ich selbst ein Pferd sei. Die anderen aus ihrer Clique haben natürlich mitgemacht und jedes Mal Pferdegeräusche von sich gegeben, wenn ich an ihnen vorbeigegangen bin. Irgendwann habe ich keine Kekse mehr mitgenommen, sondern sie nur noch bei Oma gegessen. Meine Mutter hat mich immer getröstet, wenn ich völlig aufgelöst von der Schule nach Hause gekommen bin, und mein Vater hat mir neuen Mut geschenkt.

»Ich vermisse Mama und Papa.« Die Worte werden von einer Träne begleitet, die mir über die Wange kullert.

Oma schließt mich in die Arme. »Das verstehe ich und das ist völlig normal. Stell dir vor, wenn es nicht so wäre. Wann hattest du das letzte Mal einen Videochat mit ihnen?«

Ich wische mir die Tränen aus den Augen. »Das ist fast eine Woche her. Sie haben gerade schlechten Empfang. Sobald sie zurück auf der Station in Kenia sind, geht es wieder. Wir schreiben uns oft, aber das ist nicht dasselbe.«

»Sie sind bald auf der Station«, beruhigt mich Oma und streichelt mein Gesicht.

DAVID

Ich halte schützend meine Arme über den Kopf und warte darauf, die Krallen oder die Zähne des Wolfes zu spüren. Doch ich höre nur einen Schrei und ein Bellen. Hat das Biest Luca erwischt?

Ängstlich blicke ich auf und entdecke Madame Gecka. Sie hält ihren Stock dem Wolf entgegen, der sie mit gefletschten Zähnen anknurrt.

»In Deckung«, zischt sie zu uns herüber.

Ich ziehe Luca am Ärmel mit und wir schleichen geduckt nach hinten zum Gitterzaun. Der Graswolf bemerkt uns, doch Madame Gecka schlägt mit dem Stock auf den Boden, sodass sie wieder seine volle Aufmerksamkeit zurückerlangt.

»Das hier ist nicht dein Platz«, droht sie ihm. »Geh zurück.«

Ich blicke auf den Button in meiner Hand, der weder leuchtet, noch sonst etwas tut.

Der Wolf sieht mächtiger und gefährlicher aus als Madame Gecka. Ob sie ihn bezwingen kann? Zu gerne würde ich ihr helfen, doch ich weiß nicht wie. Die Angst macht sich durch ein Kribbeln bemerkbar, das sich im ganzen Körper ausbreitet. So kündigt sich bei mir eine Panikattacke an.

Luca beobachtet mit aufgerissenen Augen die beiden Gestalten.

»Es wird alles gut«, flüstere ich ihm zu und lege meine Hand auf seine Schulter.

Normalerweise hätte er mich weggeschubst und lauthals erklärt, dass ich mich verpissen soll. Jetzt schaut er mich mit offenem Mund an und es reicht nicht einmal für ein Nicken.

Der Graswolf setzt erneut zum Sprung an und greift Madame Gecka an. Sie schiebt ihm den Stock ins Maul und drängt ihn zur Seite. Der Graswolf landet auf dem Boden und macht eine Rolle. Sofort steht er wieder auf den Beinen und zeigt seine Zähne.

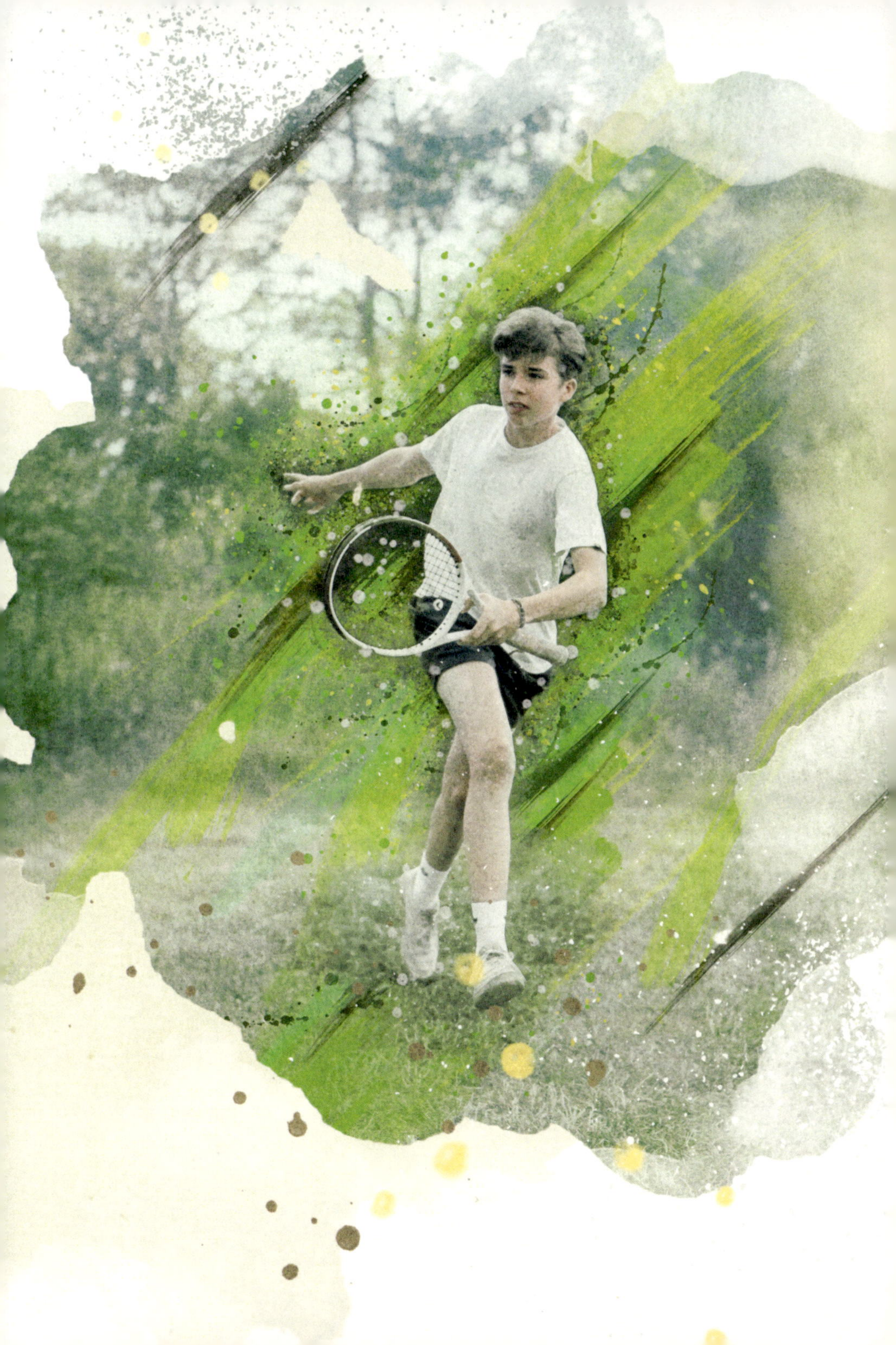

»Geh!«, brüllt Madame Gecka. Sie fuchtelt mit dem Stock herum. Aus dem oberen Ende schießt eine Flamme heraus. Knurrend weicht der Graswolf zwei Schritte zurück. Madame Gecka schwingt den Feuerstock weiter und trifft den Kopf des Wolfes. »Geh!«

Für eine Sekunde blickt der Graswolf nochmals zu uns. Dann zieht er sich zurück, verlässt den Platz und verschwindet aus dem Schein der Flutlichtanlage.

Einen Moment lang blickt ihm Madame Gecka nach. Die Flamme am Ende ihres Stocks erlischt. Sie wischt sich über die zerfetzten Kleider und schreitet auf uns zu. Ich habe vergessen, wie gruselig sie von Nahem aussieht.

Eine alte, schrullige Dame mit flauschigen, weißen Haaren und echsenartigen Schlitzaugen. Ich bin froh, sie zu sehen. Meine Anspannung verfliegt.

»Was war das?«, frage ich völlig durcheinander.

»Ein Wesen aus der vergessenen Welt.«

»Das habe ich vermutet.« Vor zwei Wochen hätte ich das nicht für möglich gehalten.

»Ein Schattenwesen, genau wie die Vergessenen. Nehmt euch vor ihnen in Acht.«

»Was wollte dieses Biest von mir? Hat es mich etwa aufgespürt?«

Madame Gecka seufzt. »Ich weiß es nicht. Noch nicht. Doch ich befürchte, dass die Ruhe vorüber ist. Du musst die anderen zusammentrommeln. Wir treffen uns morgen früh auf der Moosburg. Sag ihnen, dass sie jetzt alle nach Hause gehen sollen. Hier draußen seid ihr nicht mehr sicher. Und lasst die magischen Gegenstände nicht alleine.«

»Kann mir mal jemand erklären, was hier los ist?« Luca blickt abwechselnd zu Madame Gecka und mir. Sein Atem geht flach und er ist völlig verwirrt, was ich absolut verstehen kann.

Keine Ahnung, wie ich ihm das erklären soll. Madame Gecka kommt mir zuvor und stellt sich vor Luca, der mit dem Kopf ängstlich zurückweicht.

Madame Gecka haucht ihm ins Gesicht. Es dauert keine Sekunde, bis Luca bewusstlos zusammenklappt und ich ihn gerade noch auffangen kann.

»Was zur Hölle haben Sie getan?« Ich lege Luca auf den Boden.

Madame Gecka winkt ab. »Keine Sorge. Ich kümmere mich um ihn.«

»Was soll das heißen? Ist er tot?« Auch wenn ich Luca überhaupt nicht leiden kann und ihm schon manche schlechten Dinge gewünscht habe, mache ich mir trotzdem Sorgen um ihn.

Madame Gecka lacht auf. »Wo denkst du hin? Natürlich nicht. Ich werde ihn unbemerkt nach Hause bringen. Wenn er aufwacht, wird er alles vergessen haben.«

Ich nicke ihr verblüfft zu. Da haucht sie ihm einfach ins Gesicht und löscht sein Gedächtnis? Was die alte Dame wohl noch alles auf Lager hat?

»Und jetzt pack deine Sachen zusammen, geh nach Hause und schreib den anderen. Ich warte bei Tagesanbruch auf euch.«

KAPITEL 4
BEN

Es ist still. Die Gestalt blickt mich mit leuchtenden Augen an und hält mich fest. Sie ist so nah, dass ich nur ihren Fischkopf sehen kann. Sie öffnet den Mund. Spitze Zähne kommen zum Vorschein, wie bei einem Piranha.

Ich will an die Oberfläche schwimmen, bleibe aber wie betäubt unter Wasser. Mir geht die Luft aus. Ich muss atmen. Dringend. Der Fischkopf kommt näher und reißt das Maul weit auf. Das Ding will mich verspeisen.

Mein Button leuchtet greller. Kurz bevor mich die Gestalt mit ihren Zähnen berührt, lässt sie von mir ab. Sie betrachtet mich genauer. Dann schüttelt sie ihren Kopf so schnell, dass man das Gesicht nicht mehr erkennen kann.

Als sie langsamer wird, ist der gruselige Fischkopf verschwunden. Er hat sich verwandelt. Vor mir ist nun ein Mädchen mit weißen Haaren und grünen Augen. Sie trägt einen Bikini, doch statt Beinen hat sie einen Fischschwanz, der mit Schuppen bedeckt ist.

Das Wesen führt mich zurück an die Oberfläche. Ich ringe um Luft und rudere mit den Armen. Das Fischmädchen hält mich fest, bis ich wieder normal atme.

»Wer bist du?« Kaum habe ich die Frage gestellt, packt mich erneut etwas am Arm und zieht mich von dem Mädchen weg.

Der Button erlischt, deshalb erkenne ich nicht, was es ist. Doch es zieht mich in Richtung Ufer. Als ich wieder festen Boden unter den Füßen spüre, packt mich die Gestalt am Kragen, zieht mich zu sich heran und hält ein Licht zwischen uns.

»Was machst du hier?« Die Stimme klingt männlich. Ein Typ mit einer Metallmaske, die mit Zahnrädern verziert ist und eine Gesichtshälfte verdeckt, starrt mich an.

»I-ich h-habe«, stottere ich.

»Du bist hier nicht sicher!« Der Mann mit der Maske lässt von mir ab und dreht sich hektisch um. Als er die Hand nach vorne streckt, schießt ein greller Lichtstrahl aus seinem Handschuh. »Volltreffer.« Der Strahl schleudert einen der Vergessenen ins Dickicht.

»Wie machen Sie das? Sind Sie ein Superheld oder so was?«

»Keine Zeit für Erklärungen.« Der Mann drängt mich zurück zum Waldweg. »Geh nach Hause und bring dich in Sicherheit.«

»Aber …«

»Hast du nicht gehört?« Er schießt einen weiteren Strahl zum Weiher. Das Wesen aus dem Wasser stürzt sich ebenfalls auf einen Vergessenen.

»Lauf! Hier gibt es nichts mehr zu sehen.«

Obwohl mir tausend Fragen durch den Kopf schießen, drehe ich mich um, stolpere zum Gebüsch, schnappe mein Handy und renne den Weg zurück.

Unterwegs vibriert mein Handy. Es hat überlebt. Eine Nachricht von David ploppt auf. Er schreibt, dass er Madame Gecka getroffen hat und wir uns morgen früh auf der Moosburg treffen. Was zur Hölle geht hier ab?

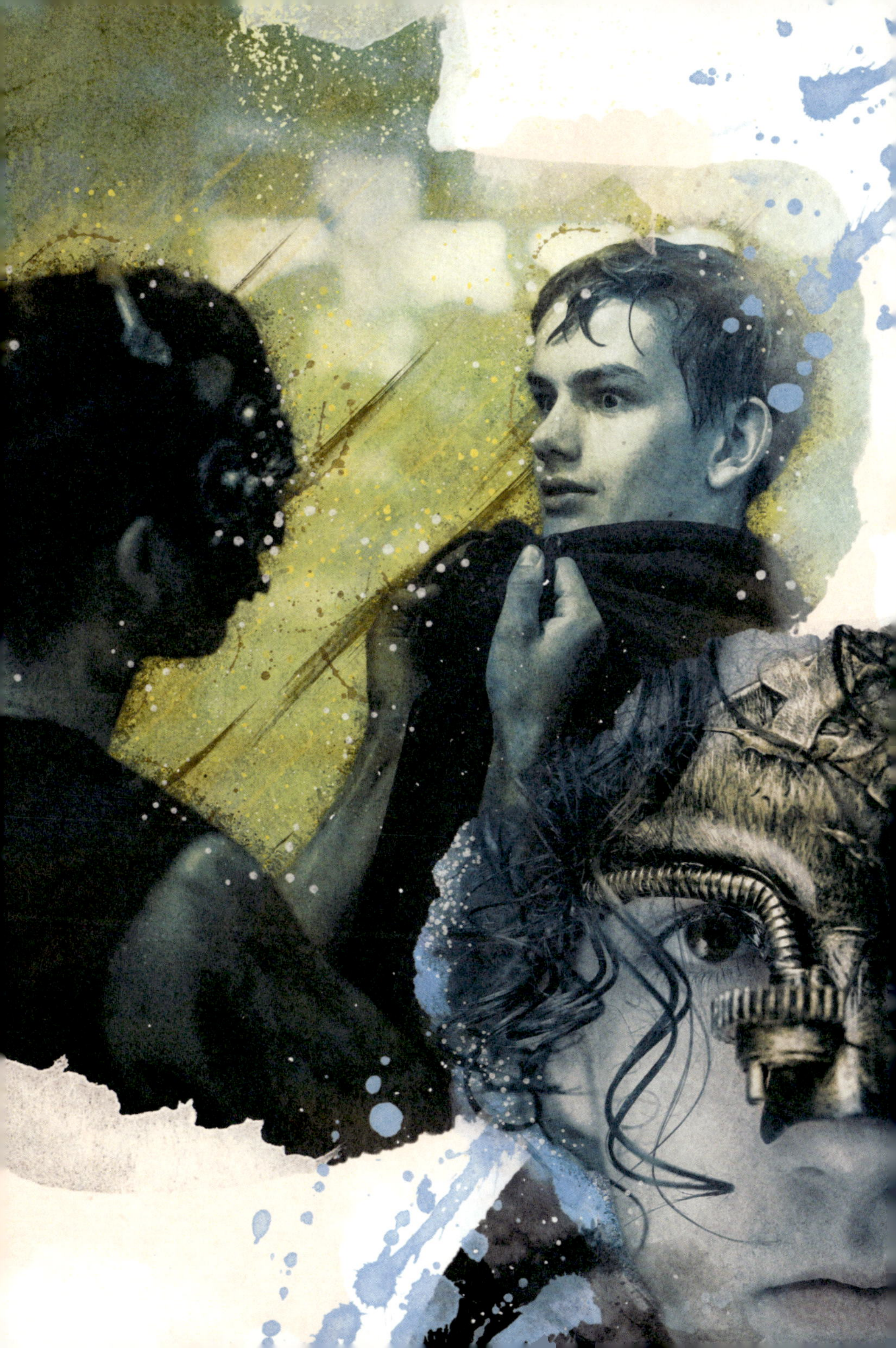

NIKA

Das Gewitter ist vorüber. Ein feiner, kühler Wind streift über den See und wirbelt meine Haare durcheinander. Ich bändige sie mit dem Bandana und binde es fest um den Kopf.

Der Duft des Regens steigt mir in die Nase. Ich liebe diesen Geruch, der entsteht, wenn die Tropfen den heißen Asphalt abkühlen.

Ich gehe ein paar Schritte in den See hinein. Das Wasser spült den Dreck von meinen Füßen, der sich über den Tag an ihnen festgeklebt hat.

Es ist ruhig. Ich bin alleine. Die Leute am See sind vor dem Gewitter in ihre Häuser und Wohnungen geflüchtet und trauen sich noch nicht wieder heraus. Das ist meine Chance.

Schritt für Schritt gehe ich tiefer in den See hinein, bis mir das Wasser zu den Knien reicht. Ich schließe die Augen und konzentriere mich auf meinen Atem. Langsam strecke ich die Arme zur Seite aus.

Ich fühle das Wasser und alles, was darin lebt. Ein vertrautes Kribbeln durchströmt meinen Körper. Ich gehe weiter.

Das kühle Nass kitzelt meinen Bauchnabel. Der Moment ist gekommen. Ich strecke die Arme zum Himmel empor, tauche kopfüber unter Wasser und schwimme los. Zuerst rudere ich mit den Armen, bis ich merke, dass mein Körper bereit ist. Dann geht es schnell und ich gelange in wellenartigen Bewegungen immer weiter zum Grund des Sees hinab.

KAPITEL 5
JUNA

Ich sitze mit meinen Freunden auf der Moosburg und wir warten auf Ben. Es ist noch sehr früh, doch die Sonnenstrahlen erwärmen die Ruine bereits wieder. Das Gewitter von vergangener Nacht hat nur eine kurze Abkühlung gebracht.

»Wo bleibt er?« David checkt ungeduldig die Uhrzeit auf seinem Handy.

Nika seufzt. »Keine Ahnung. Aber ist euch schon mal etwas aufgefallen? Es ist immer einer der Jungs, der zu spät kommt.«

»Hey! Ich war heute überpünktlich und das so früh am Morgen«, verteidigt sich David.

Ich lache auf. »Ich war schon bei den Pferden. Man hat viel mehr vom Tag, wenn man früh aufsteht.«

»Wenn ihr so weiterredet, kehre ich gleich wieder um.« Ben lehnt lässig an der Burgmauer. Er sieht verschlafen aus und hat die Kapuze seines Hoodies tief ins Gesicht gezogen.

»Was ist an dem Wort *Tagesanbruch* nicht zu verstehen?« David springt von der Mauer herunter. »Wir warten seit über einer halben Stunde auf dich.«

»Wisst ihr eigentlich, wie früh das ist?«, kontert Ben.
»Wenn du letzte Nacht dabei gewesen wärst, hättest du jetzt nicht so eine große Klappe. Ich bin froh, dass ich *überhaupt* schlafen konnte.«

»*Du* willst mir von letzter Nacht erzählen?« David stampft angriffslustig auf Ben zu. »*Ich* wurde auf dem Tennisplatz von einer wilden Bestie attackiert. So etwas hast du noch nicht gesehen. Ich hatte eine Scheiß-Angst, gerade jetzt, wo ich ...« David bleibt direkt vor Ben stehen und verstummt.

»Wo du was, hä?«, provoziert Ben.

Nika geht dazwischen. »Jungs, jetzt beruhigt euch mal wieder.« Sie führt David an der Schulter von Ben weg. »Du atmest erst einmal tief durch.« Dann blickt sie zu Ben. »Und du setzt dich hin.«

»Er hat angefangen«, verteidigt sich Ben.

»Ja, weil *du* zu spät gekommen bist«, faucht David.

»Jungs!«, brülle ich.

»Und *ihr* seid auserwählt, in die Fußstapfen der Moosburger zu treten?« Wie aus dem Nichts steht Madame Gecka auf der Mauer und schüttelt den Kopf.

»Um eines klarzustellen: Wir haben nicht darum gebeten.« David verschränkt die Arme. »Wenn ich wählen könnte, würde ich lieber wieder normal auf dem Tennisplatz trainieren, als von einem Graswolf angegriffen zu werden.«

Madame Gecka watschelt auf der Mauer auf David zu, bis sie direkt über ihm steht. Dann haut sie mit ihrem Stock auf seinen Kopf.

»Aua!« David reibt mit der Hand über die Stelle. »Das hat wehgetan.«

»Das sollte es auch«, zischt Madame Gecka. »Dummheit kann wehtun.«

Ben kann sich ein Kichern nicht verkneifen.

»Ihr seid dumm, wenn ihr glaubt, dass ihr einfach so weiterleben könnt wie bisher. Dann habt ihr nicht verstanden, worum es geht.« Madame Gecka blickt mit gerunzelter Stirn in die Runde. Ihre Stirn hat zwar immer Runzeln, doch man erkennt trotzdem, wenn sie es ernst meint.

»Worum geht es denn?« Nika versucht, die angespannte Stimmung aufzulockern. »Warum wurde David angegriffen?«

»Nicht nur er.« Ben nimmt die Kapuze vom Kopf. »Ich war gestern Abend im Wald und wurde auch angegriffen. Ein paar Vergessene haben mir aufgelauert.«

Ich kriege sofort Gänsehaut, als Ben das erzählt.

»Die Schattenwesen sind auf dem Vormarsch«, warnt Madame Gecka.

»Schattenwesen?«, sagt David vorsichtig und behält den Stock von Madame Gecka genau im Auge. »Ich blicke langsam nicht mehr durch. Vergessene, Graswolf, Schattenwesen ...«

»Das sind alles Schattenwesen«, erklärt Madame Gecka. »Sie vertreiben die Lebewesen, die keine bösen Absichten haben, aus der vergessenen Welt. Oder schlimmer: sie holen sie auf ihre Seite und werden dadurch immer mächtiger. Es ist nur eine Frage der Zeit, bis sie stark genug sind, um euch mit allen Mitteln anzugreifen.«

Ich schlucke. »Wieso wir?«

»Weil ihr auserwählt seid«, macht uns Madame Gecka noch einmal klar. »Ihr seid dafür bestimmt, in die Fußstapfen der Moosburger zu treten. Das ist eine große Verantwortung.«

»Aber weshalb wurden wir auserwählt?« David geht auf Sicherheitsabstand.

»Das frage ich mich bei dir auch«, foppt Ben.

David zieht eine Grimasse und blickt genervt zu Madame Gecka. »Ernsthaft, wir haben keine magischen Fähigkeiten oder so was.«

»Wer auserwählt ist, entscheiden immer diejenigen, denen der Platz gehört.«

Ich brauche ein paar Sekunden, bis ich verstehe, was Madame Gecka meint. »Soll das bedeuten, dass uns die Moosburger selbst auserwählt haben?«

Die Echsendame nickt. »So ist es. Wir, die nicht zu den Schattenwesen gehören, sind nur da, um euch bei der Mission zu unterstützen. Weil wir glauben, dass ihr die vergessene Welt mit all den Wesen, die darin wohnen, retten könnt.«

David wirft die Arme hoch. »Aber wir kennen die alten Moosburger doch gar nicht. Wieso erledigen sie das nicht selbst?«

»Das fragen sich eure Kinder vielleicht auch einmal, wenn sie merken, wie die Menschen vor ihnen den Planeten behandelt haben.« Madame Gecka blickt uns aufmunternd an. »Es geht um die Welt, die direkt vor euren Haustüren existiert. Und wenn all die Auserwählten das schaffen, wird es sich überall auf der Welt zum Besseren wenden.«

»Es gibt noch mehr Auserwählte?«, fragt Nika.

Madame Gecka blinzelt ihr zu. »Die vergessene Welt ist vielfältig. Genauso wie die Welt der Menschen. Früher hatte jede Region ihre Auserwählten. Wächter der vergessenen Welt. Wie Serpent, die Schlange, die das Logo der Moosburger ziert, in eurer Region eine Auserwählte war. Gemeinsam mit einigen Teenagern hielt sie die Welt der fantastischen Wesen in Ordnung. Unsere Welt und die Welt der Menschen waren ein und dasselbe.«

»Ist es das, was von uns erwartet wird?«, fragt Ben und blickt nachdenklich in die Runde. »Dass wir die zwei Welten wieder vereinen?«

Madame Gecka seufzt. »So wie früher kann es nicht mehr werden. Über die Zeit ist zu viel kaputtgegangen. Die Schattenwesen glauben nicht mehr an eine gemeinsame Zukunft mit den Menschen, weil die fantastischen Wesen immer weiter verdrängt werden. Zerstörung kann aber nicht die Lösung sein. Das müssen wir verhindern. Und deshalb brauchen wir euch, um den Lebensraum beider Welten vor eurer Haustür zu verteidigen. Ihr seid Botschafter zwischen den Welten. Das heißt, ihr könnt es werden, wenn ihr eurem Ruf folgt.«

David setzt sich auf sein Skateboard. »Die ganze Sache wird immer verzwickter. Ehrlich gesagt, bezweifle ich, dass ich der Richtige für diese Aufgabe bin.« Er zieht den Kopf ein, wahrscheinlich befürchtet er, dass Madame Gecka ihm gleich wieder eins mit dem Stock überziehen wird.

Doch sie hält nur den Kopf schräg und nickt ihm zu. »Deine Gedanken steuern das, was du tust. Zweifel können bei solch einer Mission gefährlich werden, wenn sie zum falschen Zeitpunkt auftauchen. Nur ihr könnt herausfinden, ob ihr bereit seid, in die Fußstapfen der Moosburger zu treten.«

»Haben die alten Moosburger auch gezweifelt?«, platzt es aus mir heraus.

»Wie gesagt, Zweifel können gefährlich werden. Sie entstehen dann, wenn man nicht voll und ganz an eine Sache glaubt. Die Moosburger wurden erwachsen und haben den Glauben immer mehr verloren.«

»Passiert uns das auch?«, fragt Nika. »Wenn wir erwachsen werden?«

»Die Zeit verändert uns«, antwortet Madame Gecka. »All die Fragen, die jetzt in euch schlummern, müssen beantwortet werden. Nur so könnt ihr herausfinden, wer ihr wirklich seid und ob ihr das annehmt, wofür ihr auserwählt wurdet. Ich kenne da jemanden, der euch helfen wird. Verliert keine Zeit, denn die Schattenwesen sind auf dem Vormarsch.«

DAVID

Für einen Augenblick nehme ich Madame Geckas Worte nur verschwommen wahr. Seit ich mit den Moosburgern unterwegs bin, ist so viel passiert, wie im gesamten letzten Jahr nicht.

Im blubbernden Moor musste ich mich meinen Ängsten stellen. Doch das hat auch etwas Gutes bewirkt. Ich habe mit meinem Vater über die aktuelle Situation gesprochen. Ich habe ihm gebeichtet, dass mich seine Erwartungen erdrücken. Ohne die Erfahrung im Moor hätte ich das nicht geschafft. Vielleicht gehöre ich doch hierher und es schlummert etwas in mir, das ich noch nicht entdeckt habe.

»Äh, Leute?« Ben hält den Kompass in der Hand, dessen Nadel sich einmal mehr um die eigene Achse dreht. »Ich glaube, er will uns wieder etwas zeigen.«

Wir stellen uns zu Ben und blicken neugierig auf den Kompass, so lange, bis die Nadel ruhiger wird und sich für eine Richtung entschieden hat.

»Und wo führt er uns hin?«, fragt Juna und schaut zur Mauer, auf der Madame Gecka noch vor ein paar Sekunden gestanden hat. Sie ist verschwunden. Wie vom Erdboden verschluckt. Uns ist bewusst, dass wir dem Kompass folgen müssen, wenn wir herausfinden wollen, was es mit dem Erbe der Moosburger auf sich hat. Ben zögert. Normalerweise ist er der Erste, der losläuft, sobald der Kompass eine neue Richtung einschlägt.

»Was ist los?«, frage ich.

»Was, wenn er uns wieder in eine Falle lockt?«, haucht er.

»Wie meinst du das? Er hat uns bisher doch immer gerettet.«

Ben schüttelt den Kopf. »Nicht gestern Abend. Ich bin direkt in die Falle der Vergessenen gelaufen und das nur, weil ich ihm gefolgt bin.«

»Vielleicht hat er die Seite gewechselt und gehört jetzt zur Schattenwelt«, meint Nika.

Wir schauen sie überrascht an.

Sie lacht auf. »Das war ein Scherz. Ben, du hast den Kompass auf der Moosburg gefunden. Das war kein Zufall. Er wollte gefunden werden, und zwar von dir. Da waren viele andere Leute auf der Ruine, aber du hast das Trommeln gehört.«

Ben scheint sich da nicht so sicher zu sein. »Wieso hat er mich dann in eine Falle gelockt? Und warum hat mein Button nicht funktioniert, wenn wir doch die Auserwählten sind?«

Eine beklemmende Stille tritt ein, weil niemand von uns die Frage beantworten kann.

»Das hättest du Madame Gecka fragen sollen, bevor sie verschwunden ist«, durchbricht Juna die Stille.

»Damit sie uns wieder in Rätseln antwortet?« Ben seufzt. »Langsam blicke ich echt nicht mehr durch.«

»Das wird nicht besser, wenn wir hier stehen und nichts tun«, sagt Nika. »Ich will herausfinden, ob wir bereit sind, in die Fußstapfen der Moosburger zu treten.« Sie streckt ihren Arm in die Mitte unseres Kreises, so wie Ben es vor ein paar Tagen im See getan hatte. »Seid ihr dabei?«

Ben zögert, hält dann aber seine Hand auf die von Nika. »Bin dabei.«

»Ich auch«, schießt es aus Juna heraus.

Ich lege meine Hand auf die der anderen, obwohl ich unsicher bin, ob ich das herausfinden will. »Dabei.«

»Dann ist ja alles klar.« Nika grinst in die Runde. Sie zieht ihre Hand wieder zu sich. »Lasst uns dem Kompass folgen.«

KAPITEL 6
BEN

Seit einer knappen halben Stunde sind wir mit den Fahrrädern unterwegs und folgen dem Kompass – außer David, der auf seinem Skateboard fährt und sich an meinem Gepäckträger festhält, damit er mit uns mithalten kann.

Mittlerweile steht die Sonne schon höher am Himmel und ich krempel die Ärmel meines Hoodies hoch. Heute gibt es mit Sicherheit wieder einen heißen Sommertag.

Die Nadel des Kompasses zeigt weiterhin klar in eine Richtung. Wir erreichen das Ende der Stadt und folgen einem asphaltierten Weg, der am Waldrand entlangführt und uns in ein abgelegenes Industriegebiet bringt.

Ich entdecke einige verlassene Backsteinhallen. Überbleibsel einer alten Brauerei. Die Fenster sind teilweise eingeschlagen und die Ecken des Gebäudes zieren Spinnweben. Der mächtige Kamin, der wie ein Wolkenkratzer in den Himmel ragt, sieht unheimlich aus. Plötzlich fühle ich mich auf dem Weg zwischen Wald und Industriegebiet gar nicht mehr so wohl.

»Bist du sicher, dass wir nicht falsch abgebogen sind?«, ruft David hinter mir.

»Der Kompass ist kein Navigationsgerät, sondern zeigt nur die Richtung an«, gebe ich zurück. »Und wenn du eine Märchenlandschaft erwartet hast, auf der pinke Blumen wachsen und glückliche Tiere auf der Wiese tanzen, hast du nicht gecheckt, in was wir hineingeraten sind.«

Juna prustet los und auch Nika kann sich ein Lachen nicht verkneifen.

»Ist ja schon gut. War nur eine Frage«, murmelt David und lässt sich weiterhin ziehen.

Von einem Augenblick auf den anderen erlischt der Kompass und ich bremse abrupt ab.

»Hey! Bist du bescheuert?« David saust knapp an meinem Fahrrad vorbei und bringt sein Skateboard wieder unter Kontrolle. »Kannst du mich das nächste Mal vorwarnen?«

»Tschuldigung.«

Die anderen stellen sich zu mir und schauen ebenfalls auf den Kompass.

»Sind wir doch falsch abgebogen?« Juna schaut sich um. »Wir sind mitten auf der Straße.«

»Vielleicht hat er den Kontakt zum Satelliten verloren«, scherzt David.

Nika betrachtet den Kompass genau. »Oder wir sehen nicht, was wir sehen sollten.«

David rollt mit den Augen. »Du redest schon wie Madame Gecka.«

Nika wirft ihm einen bösen Blick zu. »Ich meine es ernst. Bis jetzt waren wir immer an Orten, die wir schon kannten. Doch das, was wir gesucht haben, hat sich erst gezeigt, als wir genau hingeschaut oder hingehört haben.«

Für einen Moment bleiben wir still und schauen und hören genau hin. Ich entdecke nichts, das auf eine vergessene Welt hinweisen oder die Spur eines Monsters sein könnte.

»Also ich höre nur pupsende Kühe, weil sie diese pinken Blumen gefressen haben.« David lacht über seinen eigenen Witz.

»Ob sie auch pink kacken können?«, steigt Nika mit ein.

Jetzt muss ich auch lachen. Während ein Spruch dem anderen folgt, spüre ich eine Erschütterung. Es erinnert mich an ein Auto, das vor einigen Jahren in der Nähe unseres Hauses in einen Baum gekracht ist. Das ganze Gebäude hatte kurz vibriert. Genau so hat es sich gerade angefühlt.

Kaum ist diese Erinnerung aufgeploppt, folgt noch eine Erschütterung. Und wieder eine. Die anderen Moosburger werden still und schauen sich irritiert um.

»Was ist das?«, fragt Nika in die Runde.

Juna zuckt mit den Schultern. »Es hört sich an wie in der Drachenhöhle, als der Drache zum Leben erwacht ist.«

»Nein, bitte kein Drache mehr«, meint David bibbernd. Er tritt auf den Rand seines Skateboards und lässt es in seine Hände spicken. »Aus dieser Nummer sind wir raus.«

Die Bäume am Waldrand beginnen zu rauschen, obwohl kein Wind weht. Wir steigen verunsichert von unseren Fahrrädern ab und treten vom Waldrand weg, näher zum Industriegebiet.

»Was zur Hölle ist hier los?« Ich schlucke. Das Rauschen wird lauter und klingt wie das Brechen gigantischer Wellen. Die Erschütterungen folgen in kurzen, regelmäßigen Abständen.

»Lasst uns abhauen«, schlägt David vor. »Bevor ein neues Monster angreift.«

Ich blicke auf den Kompass, der leblos in meiner Hand liegt. Er tut es schon wieder. Er lässt mich im Stich, wenn ich in Gefahr bin. Diesmal betrifft es jedoch auch meine Freunde.

Die Erschütterungen werden intensiver und im Wald drängt sich grüner Rauch an den Bäumen vorbei. Etwas Mächtiges stampft auf uns zu, das spüre ich.

»Was ist das?« Junas Stimme zittert.

»Lasst uns abhauen.« David will loslaufen, doch ich halte ihn an seinem Hemd zurück.

»Warte!« Ich ziehe meinen Moosburger-Button aus der Hosentasche.

»Was willst du mit dem Ding? Der funktioniert nicht, hat er bei mir auch nicht.«

David will sich losreißen, doch ich lasse ihn nicht gehen.

»Ben!«, wehrt er sich. »Wenn du hier angegriffen werden willst, von mir aus. Aber zieh mich da nicht mit hinein.«

»Du steckst mit drin, seit wir uns am See begegnet sind«, erinnere ich ihn.

»Leute! Seht mal!« Nika zeigt auf die Bäume, die nur noch knapp zu erkennen sind.

Mitten aus dem grünen Rauch tritt mit langsamen Schritten ein gigantisches Wesen auf uns zu. Es ist aus Metall und mit Schlingpflanzen überwuchert. Von Weitem würde man dieses Teil wahrscheinlich gar nicht erkennen, weil es gut getarnt ist. Doch es rattert und quietscht bei jedem Schritt.

»Das ist tatsächlich ein Drache«, bemerkt Juna, als man den Kopf des Dings sieht.

Für einen Augenblick glaube ich, den Atem dieses Metalldrachen zu hören, der wie der Wagen einer Achterbahn klingt, wenn er mit der Kette auf der Schiene hochgezogen wird.

»Ben«, haucht David und blickt auf meine Hand. Der Button leuchtet.

Die anderen Moosburger nehmen ihre Buttons hervor, die genauso leuchten. Intuitiv halte ich meinen dem Drachen entgegen. Meine Freunde tun es mir nach.

Der giftgrüne Rauch wabert aus den Nasenlöchern des Drachen, bis er uns ebenfalls umhüllt. Das Ding ist bestimmt so groß wie der Sprungturm im Freibad. Das müssen mindestens fünf Meter sein.

Der Metallkoloss bleibt direkt vor uns stehen. Das Quietschen verstummt, aber das Kettenrattern ist weiterhin zu hören.

Die leuchtenden Buttons schenken mir einen Hauch von Sicherheit. Im blubbernden Moor haben sie aufgeleuchtet, als wir gegen das Mimpf-Mampf-Monster gekämpft haben. Dann helfen sie uns hoffentlich auch jetzt.

Ein gewaltiger Knall lässt mich zusammenzucken. Kurz schaue ich, ob es allen gut geht. Nichts passiert, außer dass der Kopf des Drachen sich langsam zu uns herabneigt.

»Er frisst uns!«, keucht David und atmet aufgeregt. »Ben, ich hasse dich.«

»Ich hasse dich auch«, flüstere ich und trete zwei Schritte zurück, als der Drachenkopf den Boden berührt und sein Maul aufreißt. Die Buttons erlöschen.

Ich schlucke. Der Kompass in meiner anderen Hand vibriert und leuchtet auf. Die Nadel zeigt direkt auf das aufgerissene Maul.

»Nein! Nie im Leben.« David schüttelt energisch den Kopf, als er auf den Kompass linst. »Vergiss es.«

Jetzt sehen auch Nika und Juna, wohin der Kompass zeigt. Eigentlich will ich David recht geben. Wer ist schon so bescheuert und betritt freiwillig ein aufgerissenes Drachenmaul?

Aber wenn wir weiterkommen und herausfinden wollen, ob wir bereit sind, die neuen Moosburger zu werden, dann müssen wir den Schlund des Drachen betreten. Es fühlt sich ähnlich an wie vor einigen Tagen in der Drachenhöhle. Nur dass wir da den Drachen erst am Schluss zu Gesicht bekommen haben. Jetzt steht er vor uns und ich habe nicht gedacht, dass wir noch einmal auf solch ein Ungeheuer stoßen.

»Was ist, bleiben wir hier stehen und warten, bis er weiterzieht?«, fragt Nika ironisch. »Leute, jetzt oder nie.«

Sie hat recht. Wir wissen nicht, wie lange seine Einladung gilt und er das Maul offen hält. Ich frage mich trotzdem, ob wir ihn gefunden haben oder ob er uns gefunden hat. Hat er an den Buttons erkannt, dass wir die neuen Moosburger sind?

Nika geht ein paar Schritte auf das Maul zu. »Kommt ihr?«

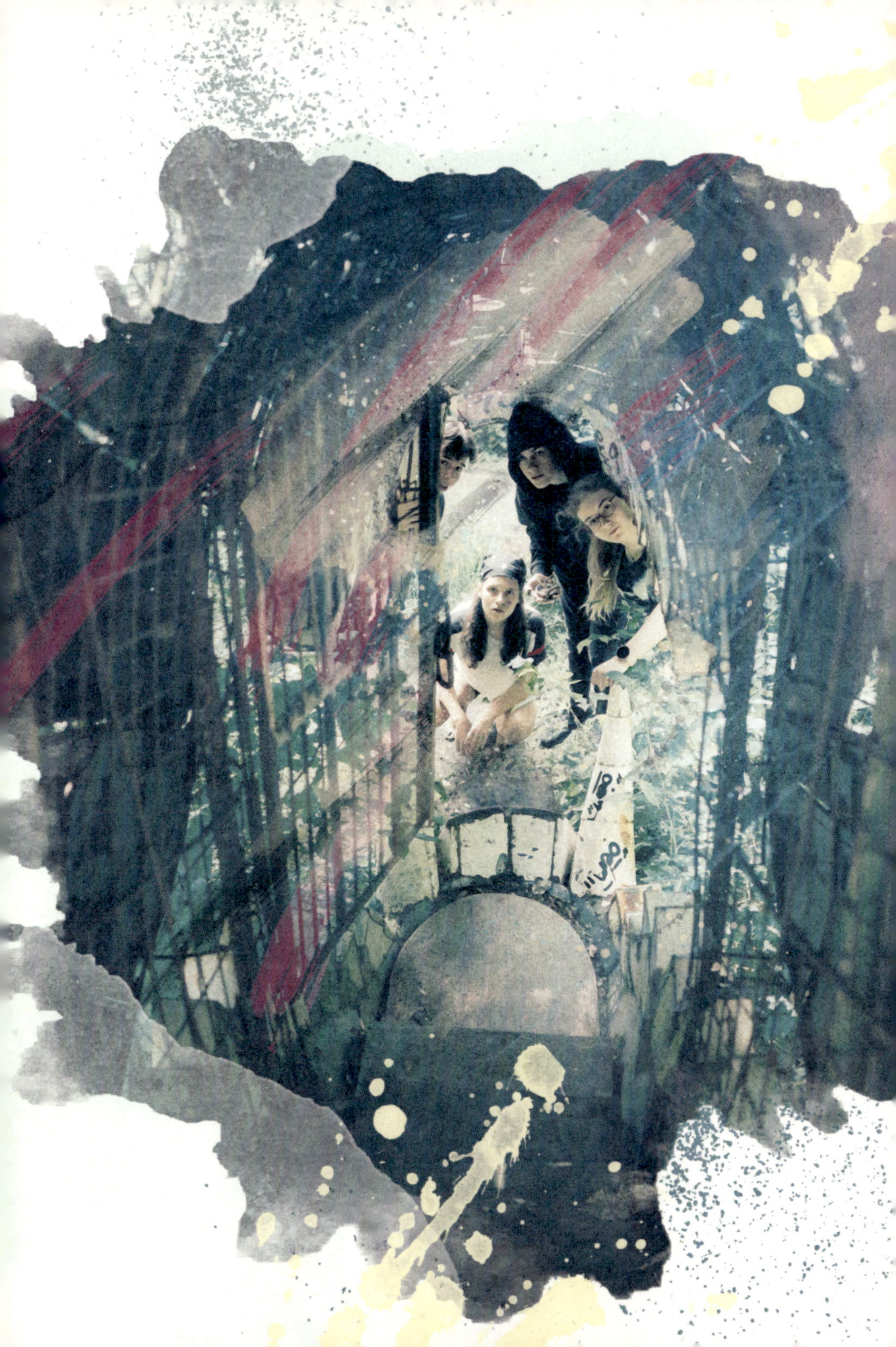

Manchmal frage ich mich, woher sie diesen Mut hat. Zögerlich nähere ich mich dem Giganten. Das Maul ist mit grünem Rauch gefüllt, sodass ich nicht erkennen kann, was sich im Inneren verbirgt. Oben und unten hat das Biest je zwei rostige Reißzähne. Auch sonst ist der Drachenkopf von Rost befallen. Durch das farbige Metall wirkt es, als ob der Drache aus alten Teilen zusammengebaut worden ist. Wer tut so etwas?

Wir stehen alle vier vor dem Maul des Drachen. Der Rauch verblasst allmählich und ich kann eine Treppe erkennen, die zum Rücken hinaufführt.

»Wie ein Eingang in eine andere Welt«, haucht David und fährt mit der Hand über die rostigen Zähne.

Nika steigt mit einem Fuß ins Maul und wartet gespannt ab, ob etwas passiert.

»Leute, wir haben schon einiges gemeinsam erlebt, aber das geht echt zu weit.« David bewegt sich keinen Schritt weiter.

»Du verstehst nicht«, sagt Nika und zieht das andere Bein hinein. Jetzt ist sie komplett im Maul. »Wir haben die Mutprobe in der Drachenhöhle bestanden und die Buttons bekommen, erinnerst du dich?«

David nickt.

»Und jetzt sind wir beim Drachen selbst. Kapierst du? Das ist das nächste Level.« Nika dreht sich um und stellt ihren Fuß auf die erste Stufe der Treppe.

Ich klettere über die Zähne und folge ihr.

»Und wenn das euer Ende ist? Wenn es nicht das nächste Level, sondern Game Over ist?«, ruft David uns nach.

»Das wissen wir nicht«, antworte ich.

Nika steigt barfuß die Treppe hinauf. »Wir müssen es herausfinden.«

Ich blicke zurück. Als David sich abwenden will, legt Juna ihm die Hand auf die Schulter. »Wir schaffen das.« Sie nickt ihm zu. »Gemeinsam.«

DAVID

Ich klettere über die Zähne in den Drachen hinein und schließe mich Nika an. Ben hat sie überholt, weil er den Kompass in der Hand hält. Juna geht dicht hinter mir und stupst mich leicht nach vorne, wenn ich mit dem Gedanken spiele, umzudrehen.

Die Stufen haben echt schon bessere Zeiten erlebt. Sie knarren und quietschen und wir können von Glück reden, dass sie nicht unter uns zusammenbrechen.

Als wir oben beim Rücken des Drachen ankommen, wird es noch schlimmer. Um uns herum ist eine Stahlkonstruktion, die an ein Hochsicherheitsgefängnis erinnert. Alles ist eingezäunt und mit Schlingpflanzen überwuchert. Vermoderte Holzlatten, die aneinandergereiht sind, führen mitten durch den Gittertunnel. Da sah der Pfad im blubbernden Moor deutlich besser aus.

»Sollen wir weiter?« Ben blickt unsicher über die Schulter.

»Was sagt der Kompass?«, fragt Juna von hinten.

Ben seufzt. Ohne zu antworten, dreht er sich zurück und geht weiter geradeaus.

»Was passiert eigentlich, wenn der Drache den Mund wieder schließt?«, werfe ich ein, weil daran bestimmt niemand gedacht hat.

»Spielt keine Rolle«, meint Nika. »Wir sind schon drin. Schlimmer kann es nicht werden.«

In diesem Augenblick rattert es wie verrückt. Wie wenn eine alte, eingerostete Maschine anspringt. Ich drehe mich um und will zurücklaufen, bevor sich der Mund schließt.

»Nein, nicht zurück!« Juna drängt mich nach vorne. »Du kannst uns nicht alleine lassen.«

»Ihr könnt mir nicht vorschreiben, was ich zu tun habe, kapiert?« Ich versuche, an Juna vorbeizukommen, doch sie versperrt mir den Weg.

Unter meinen Füßen bewegt sich der modrige Holzlattenweg und dreht sich zur Seite.

»Haltet euch fest«, warnt Ben. »Ich glaube, der Tunnel dreht sich um die eigene Achse.«

»Bilde ich mir das ein, oder wird der grüne Rauch dichter?«

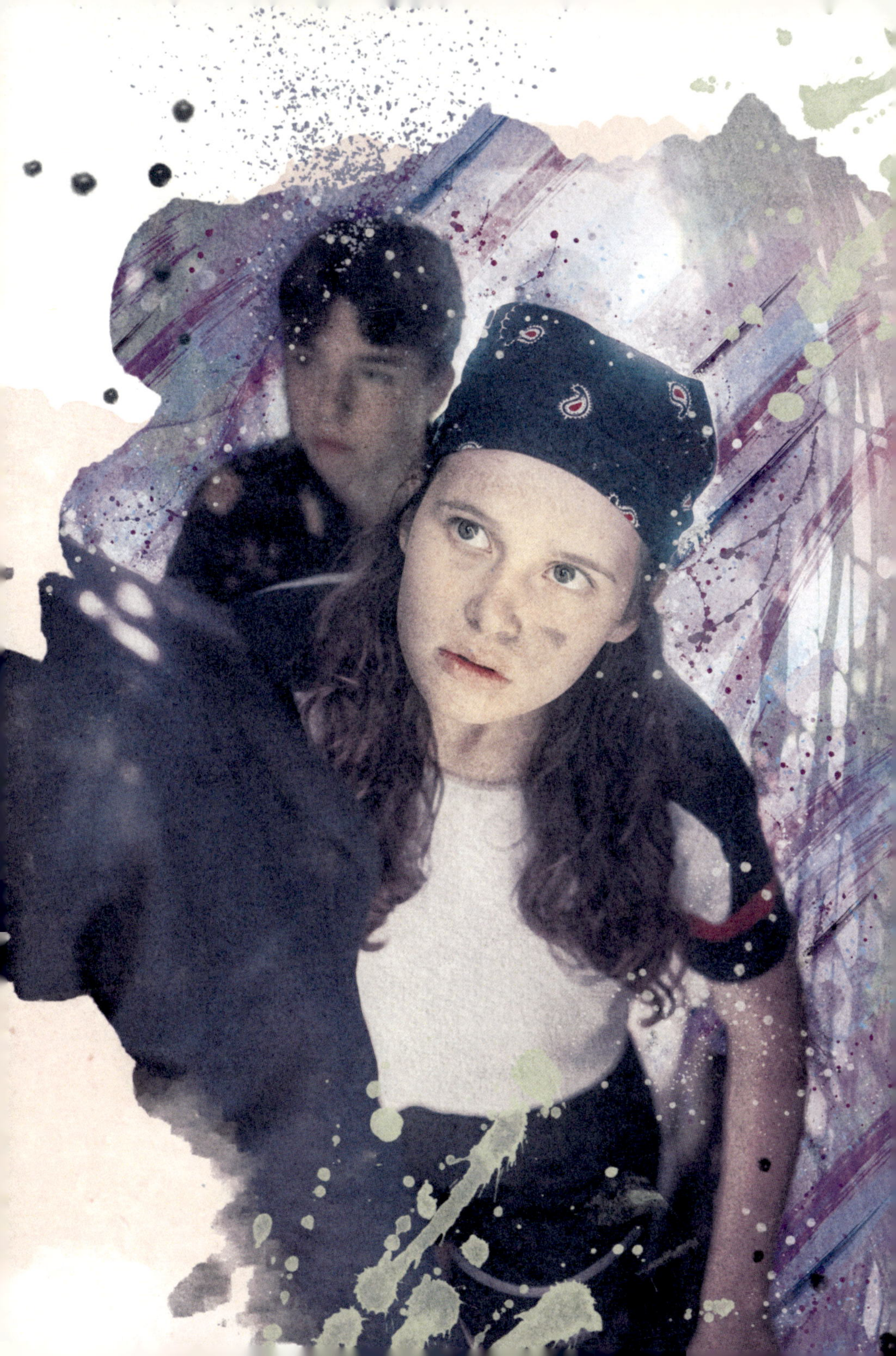

Juna hat recht. Der Rauch hüllt uns wieder ein.

»Lauft! Wir müssen so schnell wie möglich auf die andere Seite!«, ruft Nika. »Bevor wir den Halt verlieren.«

Ben rennt sofort los und wir alle folgen ihm. Durch den dichten Rauch kann ich kaum etwas sehen und orientiere mich deshalb an Nika.

Ben hält abrupt inne. »Das reicht nicht. Stellt euch breitbeinig hin und hakt eure Hände und Füße am Gitter ein.«

»Na toll.« Ich schlüpfe mit meinen Sneakern durch zwei Löcher und halte mich mit den Händen, so gut es geht, fest.

»Und jetzt nicht nach unten schauen«, meint Nika und klinkt sich barfuß ein.

Das Blut fließt mir in den Kopf. Der Holzlattenweg befindet sich jetzt fast an der Decke. Es fühlt sich an wie auf einem Hindernisparcours auf der Kirmes, wenn am Schluss das Hamsterrad kommt, in dem man sich um die eigene Achse drehen kann.

Die Umdrehung ist gar nicht so schlimm, aber ich kämpfe mit einem neuen Problem. Trotz des Rauchs sehe ich den Boden und erkenne durch das Gitter, wie hoch der Rücken des Drachen ist. Die Angst schleicht sich mit einem Kribbeln in meinen Körper.

Nein, nicht jetzt. Das ist der schlechteste Zeitpunkt überhaupt für eine Panikattacke. Wie immer. Meine Knie werden weich und ich habe das Gefühl, aus dem Gitter zu rutschen.

»Es wird alles gut, David«, sagt Juna, die bemerkt hat, was los ist. »Atme tief durch, wir schaffen das.«

»Nein, dieser Spruch zählt nicht immer. Was, wenn wir es genau dieses Mal nicht schaffen und ich nach unten falle?«

»Du wirst nicht fallen«, macht Nika mir Mut. »In deinen Schuhen hast du viel mehr Halt als ich und ich schaffe es auch.«

Wieso beruhigt mich das nicht? Mein Kopfkino zeigt mir den nächsten Horror-Blockbuster. Ich sehe, wie ich durch das Gitter falle. Oder wie ich hängenbleibe und ein rostiges Ende meine Haut aufschlitzt. Das gibt eine Blutvergiftung und hier draußen ist niemand, der mir helfen kann.

»Auf drei rennen wir!« Bens Befehl holt mich aus dem Gedankenstrudel und erst jetzt bemerke ich, dass die Umdrehung fast vorbei ist.

»Eins«, beginnt Ben zu zählen. »Zwei ... drei!« Er lässt das Gitter los und rennt.

Als Nika losrennt, tue ich es ihr nach, genauso wie Juna. Bevor sich der Gittertunnel noch einmal dreht, erreichen wir die Treppe, die uns wieder nach unten bringt. Gott sei Dank.

JUNA

Wir lassen die Treppe hinter uns und kommen in einen Wald, der von diesem grünen Rauch eingehüllt ist. Diesmal ist von Beginn an klar, wo wir durchgehen müssen. Der Gitterzaun um uns herum gleicht einem Irrgarten und führt uns in engen Kurven weiter.

»Sind wir noch immer in diesem Drachen?«, will David wissen.

Ben zuckt die Schultern. »Keine Ahnung. Aber hier sieht es echt gruselig aus.«

Ohne Gitter-Irrgarten und grünen Rauch wäre es bestimmt ein schöner Wald. Aber bei diesem Rauch weiß man nie, was dahinter lauert. Ben vertraut dem Kompass, und solange er das tut, mache ich das auch. Nach einigen Minuten führt uns der Weg zu einer alten Feuerleiter.

»Wieso müssen wir immer in die Höhe?«, beklagt sich David. Doch er nimmt seinen ganzen Mut zusammen und folgt den anderen.

»Vorsicht, hier ist es wackelig«, warnt uns Ben, der mit Nika schon etwas weiter vorne ist.

Als ich oben bei der Leiter ankomme, ist für mich klar, was er meinte. Wir wandern auf einer kleinen Hängebrücke über ein Areal, das wir von unten nicht betreten konnten.

»Alles klar?«, fragt Ben, als ich auf der anderen Seite wieder unten ankomme.

Ich nicke. »Alles klar.«

»Oder auch nicht«, sagt David und schaut sich um. »Wo sind wir hier gelandet?«

»Ich vermute, das werden wir gleich erfahren.« Nika zeigt auf ein riesiges Gittertor, das uns den weiteren Weg versperrt.

Als wir darauf zugehen, öffnet es sich von selbst.

Ben bleibt stehen und kontrolliert den Kompass. »Sieht so aus, als ob wir erwartet werden.«

»Oder es ist eine Falle.« David weicht einen Schritt zurück.

Ben nickt ihm zu. »Finden wir es heraus.«

KAPITEL 7
BEN

Ich glaube nicht, dass wir immer noch im Drachen sind. Wenn ich zurückblicke, sehe ich zwar die Hängebrücke, den Irrgarten und weit hinten käme die Treppe, die zurück in den Rücken führt. Aber das hier?

Ich schreite neugierig durch das Gittertor, das von Schlingpflanzen überwuchert ist. Die anderen folgen mir. Was sich hinter dem Tor offenbart, verschlägt mir den Atem.

Da ist ein riesiger Platz mit einer Arena aus Stein. Hier könnte man problemlos ein Schultheater aufführen oder eine Sommerparty feiern. Der grüne Rauch schwebt dicht über dem Boden. Wie Nebel, der das gesamte Areal einnimmt.

Gleich gegenüber entdecke ich eine heruntergekommene Holzhütte. Ein paar Wände sind weiß, andere türkis. Auf einer bodenebenen Terrasse stehen ein altes, verschmutztes Sofa und ein paar Stühle. Daneben hängt ein Boxsack.

»Habt ihr auch das Gefühl, dass wir nicht alleine sind?«, fragt David flüsternd.

Nika schaut sich unsicher um. »Ja, ich glaube, wir werden beobachtet.«

Wir überqueren den Platz mit der Arena und gehen dicht zusammen an einem Boot vorbei, mit dem man garantiert nicht mehr in See stechen könnte. Hier ist alles alt und heruntergekommen, wie auf einem Schrottplatz. Der Schrott liegt hier aber nicht einfach herum. Es wurden Sachen damit gebaut, wie diese Hütte. Als wir am Boot vorbeigehen, zuckt Juna zusammen.

Ich halte sofort inne. »Was ist los?«

»D-da war etwas«, stammelt sie. »Beim Fenster im Boot.«

»Lasst uns weitergehen«, schlägt Nika vor. »Bleiben wir zusammen.«

Nach dem Boot folgt eine schmale Gasse, bei der es rechts und links jede Menge Holzhütten gibt. Sie sehen wie Baumhäuser aus. Einstöckige, manchmal sogar zwei- oder dreistöckige Bauten, mit Graffiti versehen. Einige haben Fenster, die teilweise eingeschlagen sind, und in den Ecken hängen etliche Spinnweben.

»Hier war schon verdammt lange niemand mehr«, vermute ich und werfe einen Blick auf den Kompass, der in der gleichen Farbe leuchtet wie der Rauch. Die Nadel zeigt immer geradeaus.

Je weiter wir der Gasse folgen, desto unheimlicher wird es. In der einen Hütte liegt ein Stuhl, der kaum als solcher zu erkennen ist. Ich entdecke den Oberkörper einer lebensgroßen Plastikpuppe. Sie sieht wie eine Leiche aus und starrt mich direkt an.

»Hoffentlich sind wir hier bald wieder weg«, meint David, als er sieht, was ich entdeckt habe.

Obwohl es früh am Morgen ist, fühlt es sich wie mitten in der Nacht an. Wenn jetzt eine Katze aus einer der Hütten rauslaufen würde, wäre das Horror pur. Überfordert von den Eindrücken höre ich ein seltsames Surren. Wo kommt das her? Das war vorhin noch nicht da.

Auch die anderen Moosburger schauen sich um und treten noch mal dichter zusammen, als aus einer der Hütten ein Objekt auf uns zufliegt.

Es flitzt über unsere Köpfe hinweg, sodass ich mich zur Sicherheit ducke.

»Was ist das?« Juna sieht dem unbekannten Flugobjekt irritiert nach.

Ehe sie eine Antwort bekommt, saust ein zweites Objekt an uns vorbei.

»Das sind Drohnen.« David zeigt mit dem Finger auf eine, die erneut Kurs auf uns nimmt.

»Was wollen die von uns?« Nika kneift die Augen zusammen, um besser sehen zu können.

Während sich meine Freunde auf den unerwarteten Besuch konzentrieren, vibriert der Kompass in meiner Hand. Die Nadel dreht durch und ich ahne, dass es auch diesmal nichts Gutes zu bedeuten hat.

»In Deckung!«, schreit Juna, als die erste Drohne uns beinahe trifft.

»Abhauen?«, wirft David in die Runde.

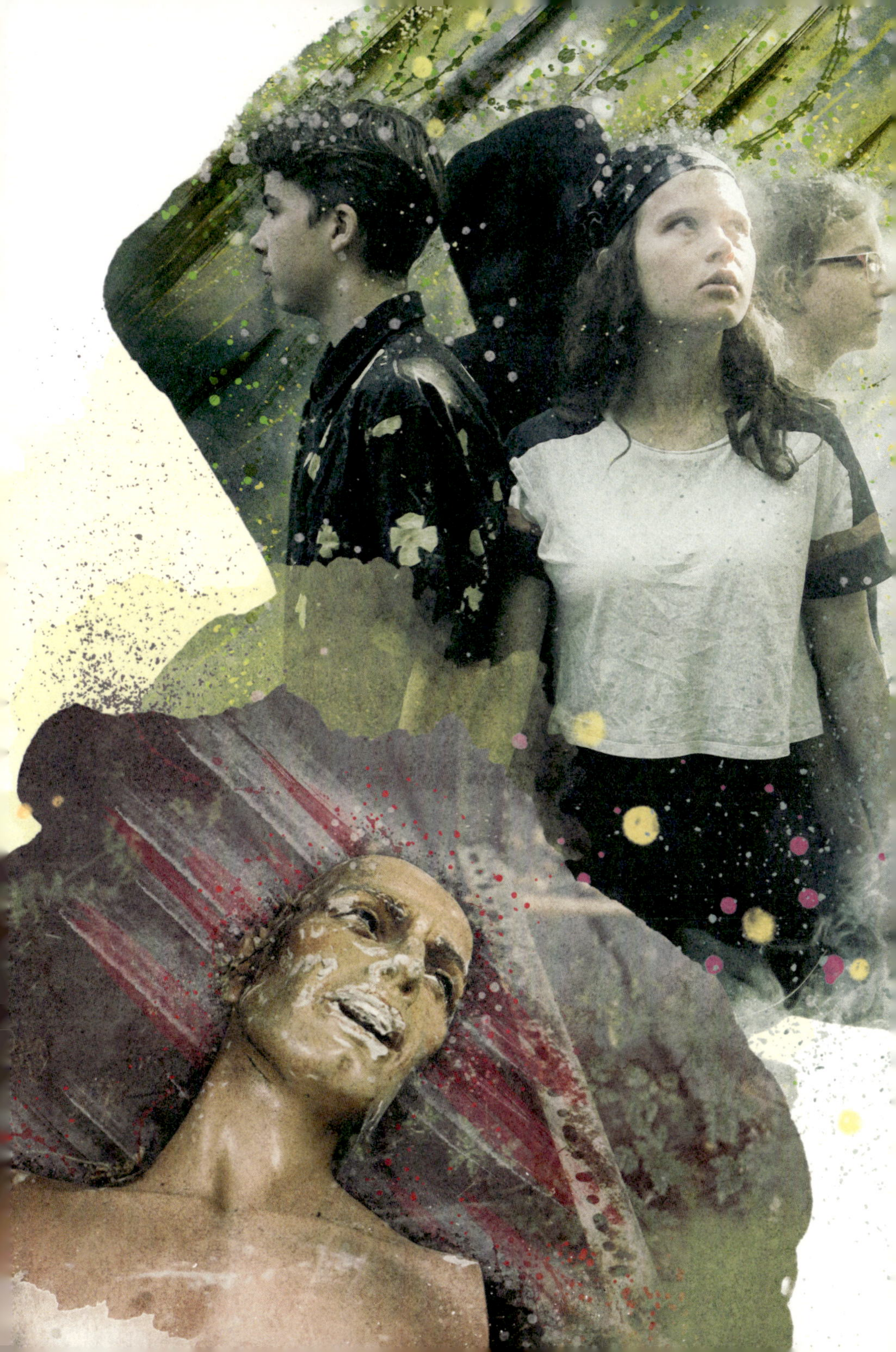

Ich nicke. »Abhauen.«

»Aber wohin?« Nika steht Rücken an Rücken mit mir, weil zwei weitere Drohnen auftauchen.

Sie sirren auf Kopfhöhe und kreisen uns immer dichter ein.

»So langsam wird's hier ungemütlich.« Kaum hat David das gesagt, qualmt zwischen den Holzbauten noch mehr grüner Rauch hervor und nebelt alles ein. Wir stehen so dicht zusammen, dass wir uns alle berühren.

Die Drohnen drehen sich langsam um uns herum und wir drehen uns Rücken an Rücken mit ihnen. Auch wenn die Drohnen nah an unseren Köpfen sind, versuche ich, die Holzhütten nicht aus den Augen zu lassen.

Das ganze Spektakel dauert ein paar Sekunden, bis zwei maskierte Gestalten hinter einer Holzhütte hervortreten. Der Rauch verzieht sich ein wenig, sodass ich die beiden Männer erkennen kann.

Einer trägt einen Bart und ist etwas kleiner als der Typ neben ihm. Auf dem Kopf hat er einen irren Zylinder, der mit alten Schlüsseln, Zahnrädern und einer Schweißerbrille verziert ist. Auf der Brille sind ebenfalls Zahnräder zu sehen. Den Hut trägt er tief ins Gesicht gezogen, als ob hinter der Schweißerbrille seine Augen versteckt sind. Auf seinem Shirt kleben alte Schlüssel, Zahnräder und andere Symbole, die ich im Rauch nicht richtig erkennen kann. In seiner Hand hält er einen Stock, der mit einem Auge verziert ist, das sich schnell und unruhig bewegt.

Der andere Typ wirkt noch unheimlicher. Eine Metall-Maske, auf der Zahnräder und kleine Rohre sind, verdeckt sein halbes Gesicht. Seine langen, gelockten Haare hängen über die andere Hälfte. Auf seinem schwarzen Tanktop sind ebenfalls Zahnräder abgebildet, zusätzlich ist es mit Schlüsseln versehen. Sein Gesicht und seine Arme sind schmutzig, als hätte er in diesem Jahr noch nie geduscht. Und dann dämmert es mir. Ich kenne den Typ.

DAVID

Verdammt, diese Drohnen sind nicht normal. Die bekommt man nicht einfach in einem Elektronikgeschäft. Sie sehen genauso aus, wie die zusammengeflickten Schrottteile an diesem durchgeknallten Ort.

Die Brille auf dem Hut des einen Typen beginnt zu leuchten. Die Zahnräder auf den Gläsern drehen sich. Dann streckt er eine Hand nach vorne. Seine Finger sind gekrümmt, als wollte er einen Türknauf öffnen.

Er schwenkt die Hand hin und her. Die Schrottdrohnen reagieren auf jede seiner Bewegungen. Kann er die Dinger etwa mit dem Hut steuern?

Eine der Drohnen flitzt auf Ben zu und eine Sekunde später zieht die Drohne den Kompass zu sich. Keine Ahnung, wie sie das gemacht hat.

»Hey! Der gehört mir«, protestiert Ben, versteckt sich aber sicherheitshalber zwischen Nika und mir.

»Wo hast du den her?« Der Maskentyp mit den Locken schreitet langsam auf uns zu.

»Wer will das wissen?«, fragt Ben. Seine Hände zittern. Ich bewundere ihn für seinen Mut.

Der Maskentyp lacht auf. »Willst du dich mit uns anlegen?«

Der Mann mit dem Hut macht noch eine Wischbewegung. Eine andere Drohne, die eine Art Stachel hat, steuert auf Ben zu. Ich ziehe meinen Kopf zur Seite, als die Drohne zwischen Ben und mir ihren Platz sucht. Der Stachel scheint nur Millimeter von Bens Hals entfernt zu sein.

»Verrätst du mir jetzt deinen Namen?«, droht der Maskentyp, als ob Bens Leben davon abhängt.

»Ich bin Ben. Wir sind die Moosburger. Der Kompass hat uns hierhergebracht.«

Der Maskentyp sagt nichts. Ich glaube, er hält sogar die Luft an. Er gibt seinem Komplizen ein Zeichen. Der Mann mit der Maske macht eine weitere Handbewegung und ein paar Sekunden später verschwinden die Drohnen hinter den Holzbauten. Ich atme erst einmal auf.

Doch was jetzt kommt, scheint nicht besser zu sein. Der Typ mit der Maske schreitet in seinen pechschwarzen

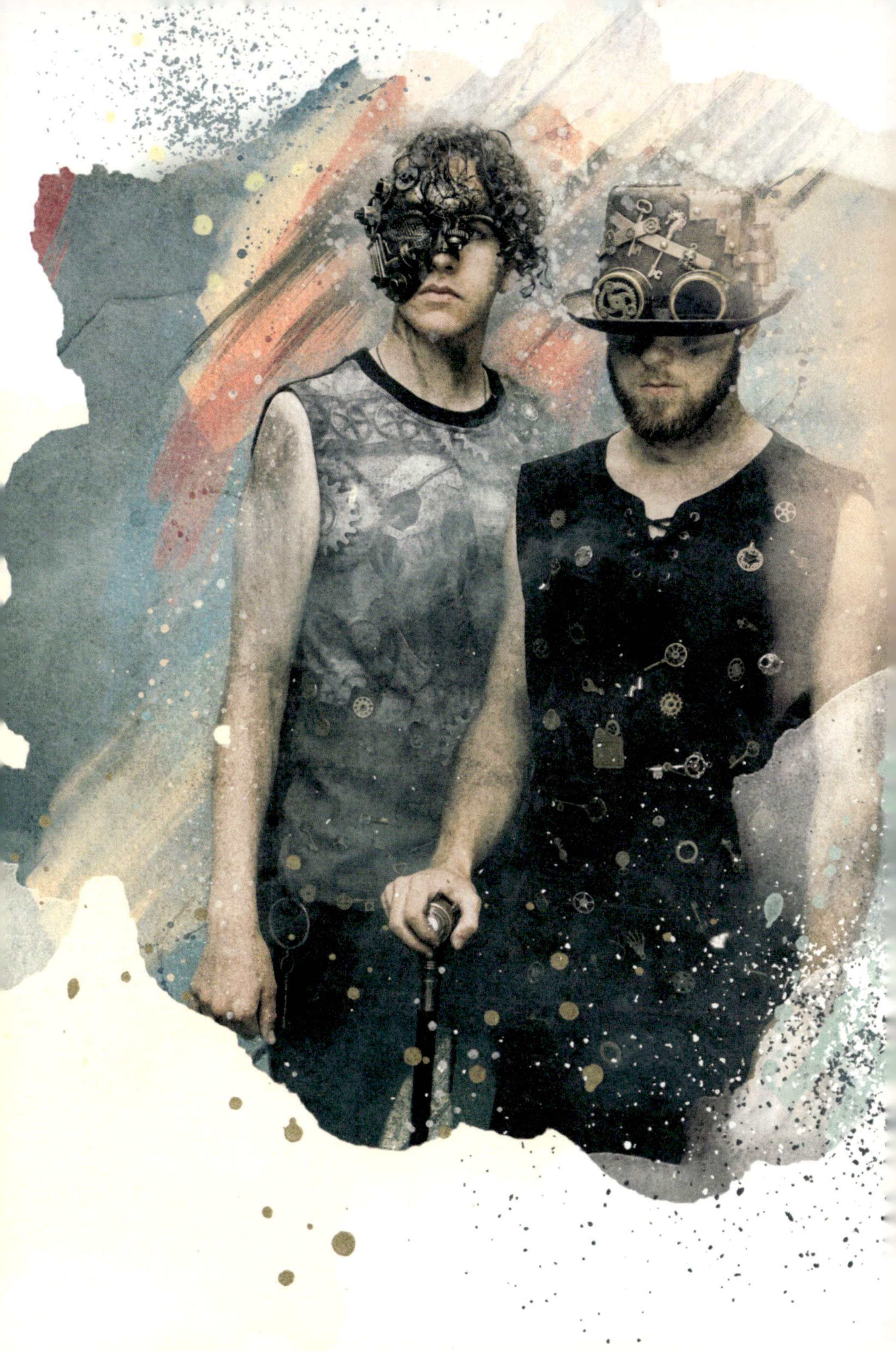

Chucks und zerrissenen Hosen lässig und unheimlich zugleich auf Ben zu – und somit auch dichter zu mir.

Seine Nasenspitze berührt fast die von Ben. »Das gestern warst du.«

Ben nickt.

»Moment mal! Du kennst den Typen?«, schießt es aus mir heraus.

»Ich habe doch gesagt, dass du nicht der Einzige warst, der gestern eine unheimliche Begegnung hatte«, flüstert Ben mir zu.

Jetzt kommt der Maskentyp zu mir herüber und blickt mir direkt in die Augen.

»Was hattest du für eine Begegnung?«, fragt er, ohne den Blick von mir abzuwenden.

Wieso kann ich meine Klappe nicht halten?

»Ach, nichts Besonderes«, versuche ich, die Situation zu entschärfen. »Das, was Ben erlebt hat, war sicher krasser.«

Der Maskentyp packt meinen Hemdkragen und zieht mich näher zu sich heran. »Was hattest du für eine Begegnung?« Diesmal klingt die Frage deutlich bedrohlicher.

»Da war so eine Bestie auf dem Tennisplatz. Zuerst sah es aus wie ein kleiner Grashügel, aber dann …«

»… war es ein Wolf«, beendet der Maskenmann meinen Satz.

Mir fehlen die Worte. Ich nicke nur und bin froh, als er mein Hemd wieder loslässt. Er geht zurück zu seinem Komplizen.

»Kann das sein?«, fragt der Mann mit dem Hut.

»Ich befürchte ja«, bestätigt der andere. »Schick ein paar Drohnen raus. Sie sollen alles in der Umgebung absuchen.«

»Entschuldigung«, meldet sich Juna. »Kann uns mal jemand erklären, was hier los ist? Wo sind wir? Und wer seid ihr?«

KAPITEL 8
JUNA

»Setzt euch erst mal.« Der Maskenmann führt uns zu der Hütte mit der alten Couch auf der Terrasse und den Stühlen. Ich bin einiges an Schmutz vom Stall gewöhnt, doch dieser Stoffbezug ist echt widerlich. Ich erwarte fast, dass gleich eine Schabe oder irgendetwas auf mir herumkrabbeln wird.

»Wie habt ihr uns gefunden?« Der Mann mit dem Hut lehnt sich an die türkisfarbene Wand und zieht den Hut etwas hoch, damit wir seine Augen erkennen können.

»Der Kompass«, antwortet Ben knapp.

Die Augen des Mannes mit dem Hut werden größer. »Hast du ihn gefunden?«

Die Drohne, die den Kompass vorhin stibitzt hat, erscheint erneut und lässt das antike Stück in Bens Hände fallen.

Ben nickt. »Ja, auf der Moosburg. Er lag hinter einem Stein versteckt.«

»Du hast das Trommeln gehört«, haucht der Mann.

»Ja.«

»Und? Funktioniert er? Ich meine, natürlich tut er das, ist ja meine Erfindung. Aber wie kommst du mit ihm zurecht?«

»Moment«, unterbricht David. »Was soll das heißen, es ist *Ihre Erfindung*?«

Der Hutmann grinst und zuckt mit den Schultern. »Na ja, ich habe ihn gebaut.«

»Sie haben ihn ...« Ben fehlen die Worte.

»Ich wünschte, wir hätten damals eine solche Erfindung gehabt, dann wäre vielleicht alles anders gekommen.«

»Jetzt weiß ich, wer ihr seid.« Nika schaut abwechselnd zwischen dem Masken- und dem Hutmann hin und her. »Ich habe von euch gehört und über euch gelesen.« Sie blickt zu uns in die Runde. »Das haben wir alle. Erinnert ihr euch, als wir Informationen über das Mimpf-Mampf-Monster gesucht haben?«

Ich nicke. »Ja, wir haben in der Bibliothek in etlichen Büchern gestöbert, bis wir dieses Buch mit den Gruselgeschichten gefunden haben.«

»Ganz genau«, bestätigt Nika. »Aber es war vorher. Bevor wir in den Büchern gestöbert haben, haben wir im Internet recherchiert und ich habe einen Geocache über das Mimpf-Mampf-Monster entdeckt. Eine Geschichte, die man mit dieser digitalen Schatzsuche erleben kann, bis man einen Schatz im blubbernden Moor findet.«

Der Maskenmann tritt ein paar Schritte auf Nika zu. »Ihr habt den Schatz gefunden?«

»Wir haben den Geocache nicht weiter verfolgt«, erklärt Ben. »Wir haben uns am Buch mit den Gruselgeschichten orientiert. Der Kompass, vielleicht waren es auch die Buttons, haben uns zu einem Totenkopfkelch geführt.«

»Das ist der Schatz«, haucht der Maskenmann. »Der Geocache hätte euch auch dorthin geführt, doch nur die Auserwählten können den wahren Schatz heben.«

»Den Kelch«, wiederhole ich.

Der Maskenmann nickt.

»Ihr habt diesen Geocache platziert. Das heißt, ihr seid die Cache Hunters. Kabuki und ...« Nika blickt zum Mann mit dem Hut. »Natu?«

»Nein!«, unterbricht der Maskenmann. »Diese Namen benutzen wir schon lange nicht mehr. Ich bin Key.« Er zeigt auf seinen Komplizen. »Und das ist Kit.«

Kit nickt und zieht dabei seinen Hut ein wenig nach unten, so wie man es von Begrüßungen der Cowboys kennt. »Wir sind Schlüsselmacher und bauen Dinge, die in der vergessenen Welt nützlich sein können.«

»Wie der Kompass«, sagt Ben und steckt ihn zurück in seinen Hoodie.

»Ganz genau.« Key verlässt die Terrasse, dreht sich zu uns um und streckt die Arme aus. »Willkommen in unserem Geheimversteck.«

»Das sieht aus wie ein Schrottplatz«, sagt David frech und gleichzeitig beeindruckt.

Key grinst. »Ist es auch.« Obwohl die Maske gruselig ist, ist er nicht mehr so unheimlich. »Das war früher mal ein Spielplatz. Irgendwann war es nur noch ein verlassener Ort. Seitdem der Platz uns gehört, ist er unser Leben.«

»Tut mir leid, das kapiere ich nicht.« Ich rücke meine Brille gerade, als ob das helfen könnte, das Ganze besser zu verstehen. »Das alles hier ist in diesem Metalldrachen versteckt? Ich meine, sind wir immer noch in diesem Teil drin?«

Kit lacht auf. »Der Titan ist eine weitere Erfindung von uns.«

»Wir mussten den Platz in Sicherheit bringen«, erklärt Key. »Deshalb erreicht man ihn nur durch ein Portal.«

Wenn ich mir das vorstelle, wird mir ganz warm. »Dann ist dieser Metalldrache, dieser Titan, ein Portal?«

Kit grinst. »Cool, oder? Mit dem Tarnmodus ist er so gut wie unsichtbar.«

»Dann hatten wir ja Glück, dass wir ihn gefunden haben«, sagt David leicht ironisch.

»Dem Kompass entgeht er nicht«, erklärt Key weiter. »Mit ihm findet ihr so gut wie alles, solange ihr wisst, wie man danach sucht.«

David erhebt sich von der Couch. »Dieser Kaffeeklatsch ist ja schön und gut, aber sind wir nicht wegen etwas anderem hier?«

Kit nickt. »Madame Gecka schickt euch, habe ich recht?«

»Sie sagte uns zumindest, dass ihr uns weiterhelfen könnt«, erkläre ich.

Kit lacht auf. »Ihr wisst nicht, wie lange ich auf diesen Augenblick gewartet habe.«

BEN

Nach der Erklärung, mit wem wir es zu tun haben, zeigen uns Key und Kit das Geheimversteck. Obwohl es noch immer unfassbar krass ist, all diese Bauten aus Holz, Metall und Schrott zu sehen, ist es nicht mehr so gruselig wie am Anfang.

In dem türkis-weißen Haus mit der Terrasse wohnen Key und Kit. Alles andere ist eine Art Freilicht-Werkstatt, verbunden mit Übungsplätzen. Jeder Bereich und jedes Gebäude dienen einem bestimmten Zweck.

Key steht mitten in der Arena, an der wir am Anfang vorbeigegangen sind. »Ihr seid hier, weil ihr herausfinden wollt, ob ihr das Zeug dazu habt, die neuen Moosburger zu sein. Richtig?«

»Genau«, bestätige ich, während ich mit den anderen Moosburgern auf der steinernen Treppe der Arena sitze. »Wir haben die Mutprobe in der Drachenhöhle bestanden und die Buttons bekommen. Allerdings verstehen wir nicht, wie sie uns helfen. Im blubbernden Moor hat uns das Mimpf-Mampf-Monster beinahe besiegt. Wenn Madame Gecka uns nicht geholfen hätte, weiß ich nicht, ob wir es geschafft hätten.«

»Wir werden euch alles beibringen, was wir wissen und können«, sagt Kit. »Aber ich warne euch. Die magischen Prüfungen sind kein Kinderspiel.«

»Magische Prüfungen?« Ich werfe den anderen Moosburgern einen unsicheren Blick zu.

Key nickt. »Durch sie werdet ihr schnell merken, ob ihr das Zeug dazu habt. Ihr besteht sie nur, wenn ihr euch voll für die Mission entscheidet. Dafür müsst ihr zuerst wissen, um was es bei eurem Auftrag geht. Auch das versuchen wir, zu klären.«

»Und wenn ihr draußen seid«, warnt Kit, »damit meine ich außerhalb von unserem Geheimversteck, müsst ihr euch in Acht nehmen. Die Schattenwesen spüren, dass sich etwas zusammenbraut. Bleibt wachsam und bringt euch nicht in unnötige Gefahr.«

Key hebt die Arme. »Willkommen bei den magischen Prüfungen.«

Unsere Begeisterung hält sich in Grenzen. Das liegt sicher daran, dass wir überhaupt keine Ahnung haben, was diese beiden Typen mit uns vorhaben.

»Ihr lernt, wie ihr euch verteidigen könnt«, verkündet Key weiter. »Wie ihr die magischen Gegenstände bedienen könnt und wie ihr die Titanen zum Leben erweckt.«

Ich halte kurz den Atem an. Verteidigung ist mir klar, magische Gegenstände auch, da zählt der Kompass dazu. Aber wie viele von diesen Titanen gibt es?

Key winkt uns zu sich hinunter in die Arena. »Ihr werdet nicht alles lernen, dafür fehlt uns die Zeit. Wir schauen, was ihr für Fähigkeiten mitbringt.«

»Also ich kann super skateboarden, falls ihr eine Halfpipe oder so was habt«, sagt David, während wir in der Mitte der Arena ankommen.

»Schweig!« Kit schwingt seinen Stock und haut damit auf Davids Kopf.

»Aua!« David reibt mit der Hand über die getroffene Stelle. »Wieso tut das jeder?«

»Wir wollen nicht wissen, was ihr könnt«, stellt Kit klar. »Wir möchten es sehen.«

In diesem Augenblick gibt es einen mächtigen Knall, sodass ich zusammenzucke. Aus einem gigantischen Rohr, das ich erst jetzt bemerke, schießt eine rote Kugel in die Arena, direkt auf uns zu.

KAPITEL 9
NIKA

Wir irren wie aufgescheuchte Hühner in der Arena umher. Die Kugel ist fast so groß wie wir und sieht so heruntergekommen aus wie der Rest auf diesem Platz. Die rote Farbe ist verblasst und abgeblättert. An einigen Stellen gibt es Löcher. Es ist ein Wunder, dass die Kugel nicht in sich zusammenfällt. Doch es ist keine normale Kugel. Sie jagt uns und wenn wir nicht aufpassen, überrollt oder zerquetscht sie uns.

»Was ist das für ein Teil?« David ist nach den ersten Minuten in dieser Arena außer Puste. Die Kugel scheint ihn ins Visier genommen zu haben. »Bitte! Stoppt sie.«

Ich will David helfen, doch ich habe keine Ahnung, wie ich das anstellen soll. Egal wo er hinläuft, die Kugel ist ihm dicht auf den Fersen. Lange hält er das nicht mehr durch.

»Die Kugel ist das Monster«, ruft Key uns von der Tribüne her zu. »Nur gemeinsam habt ihr eine Chance gegen sie.«

Das beantwortet nicht meine Frage, doch ich verstehe, worauf die beiden hinauswollen. Weil die Kugel das Monster ist, greift sie uns an. Mein Magen ist flau, weil eine Erinnerung aufploppt, in der ich in einer ähnlichen Situation war.

Als meine Eltern und ich von einem Monster angegriffen wurden. Wir waren unter Wasser und alles ging so schnell. Damals habe ich alles falsch gemacht. Bis heute quäle ich mich mit Vorwürfen. Wenn ich richtig reagiert hätte, wäre Papa ...

»Vorsicht!«, schreit David und rennt dicht an mir vorbei.

Ich kann gerade noch zur Seite hechten und die Kugel verpasst mich knapp. Okay, keine Zeit, um über Erinnerungen nachzudenken. Wir müssen etwas unternehmen, und zwar jetzt. Heute habe ich die Möglichkeit, die richtigen Entscheidungen zu treffen, und das bringt mich auf eine Idee.

»Hey! Ich bin hier! Hol mich doch!« Das Monster soll auf mich aufmerksam werden.

Ben schaut mich irritiert an. Er denkt sicher, dass ich den Verstand verloren habe, wenn ich jetzt schon mit einer Kugel spreche.

Täusche ich mich, oder ist die Kugel langsamer geworden? Ich versuche es noch einmal. »Hier! Komm schon!«

Es scheint zu klappen. Die Kugel rollt mit deutlich mehr Abstand als vorhin hinter David her. Sie kommt vom Kurs ab und dreht sich kurz um die eigene Achse. Ob sie meine Rufe gehört hat?

Die Kugel bewegt sich in meine Richtung und ich beginne zu rennen. Nun verfolgt sie mich und ich führe sie quer durch die Arena. Barfuß bin ich deutlich langsamer als David, aber immerhin kann er kurz durchatmen.

»Das war ja eine prima Idee«, ruft Ben ironisch.

»Gib mir Bescheid, wenn du eine Bessere hast«, schieße ich zurück. »Aber beeil dich, hier wird es langsam ungemütlich.«

Ich laufe immer weiter. Als ich ans Ende der Arena gelange, entscheide ich mich für eine Seite und eile quer ans andere Ende. Entweder wird die Kugel schneller oder ich langsamer. Nach einer Weile bekomme ich Seitenstechen. Das raubt mir den Atem. Wenn ich laufe, kann ich nicht nachdenken, sondern konzentriere mich nur auf die nächsten Schritte.

»Lass sie in Ruhe!«, höre ich Juna schreien. »Hol mich. Komm schon!«

Yes! Sie hat kapiert, was ich vorhabe. Die Kugel reagiert genau wie bei David. Sie wird langsamer, beginnt sich zu drehen und rollt Juna hinterher.

Ich halte mir die Seiten und versuche, tief ein- und auszuatmen.

Von der Tribüne her höre ich ein dreckiges Lachen von Kit. »So langsam habt ihr den Dreh raus. Dann kann es ja losgehen.«

Moment mal! Was bedeutet das? Mir bleibt keine Zeit, die Frage zu beantworten. Die Kugel lässt von Juna ab und schießt erneut auf mich zu.

»Nein!« Ich halte mich ächzend auf den Beinen. Bevor mich die Kugel trifft, rolle ich zur Seite. Puh! Das war verdammt knapp.

Die Kugel dreht sich wie ein Kreisel um sich selbst und greift Ben an, der noch am meisten Energie hat, weil er bisher nicht rennen musste.

Die Monster-Kugel entscheidet jetzt also selbst, wem sie folgt. Ob das die Überraschungsmomente simulieren soll? In der Zeit, in der Ben die Kugel hinhält, kann ich mich wieder konzentrieren. »Leute, ich glaube, wir müssen sie verwirren.«

»Findest du nicht, das ist sie schon genug?« David behält die Kugel panisch im Blick. »Die dreht komplett durch.«

»Ja, aber sie nimmt immer nur einen von uns ins Visier«, erkläre ich und kann langsam wieder besser atmen. »Wir müssen sie so sehr verwirren, dass sie sich nicht entscheiden kann, wen von uns sie verfolgen will.«

David schüttelt den Kopf. »Das klingt komplett verrückt.«

Ich grinse. »Ich weiß. Bisher war alles verrückt.«

Juna stellt sich in die eine Ecke der Arena. »Ich bin bereit.«

Ich positioniere mich in einer anderen Ecke. »Ich auch.«

David zuckt die Schultern und schnaubt. »Was, wenn es nicht funktioniert?«

»Leute! Könnt ihr euch bitte beeilen?« Bens Vorsprung gegenüber der Kugel wird immer kleiner.

»Na gut.« David seufzt und stellt sich in die dritte Ecke.

Ben lockt die Kugel in die Mitte des Feldes und blickt auffordernd zu mir.

»Hey! Kennst du mich noch?«, rufe ich der Kugel zu. Sie reagiert erneut und dreht sich um sich selbst.

Bevor sie Kurs auf mich nimmt, schaltet sich Juna ein. »Und ich bin auch noch hier.« Die Kugel dreht sich weiter um die eigene Achse.

»Roll doch zu mir, du lahmes Teil.« Erneut dreht sich das Ding und nimmt Kurs auf David.

Ben, der sich in der vierten Ecke aufgestellt hat, ist noch ganz außer Atem. »Und was ist mit mir? Hast du keinen Bock mehr, oder was?«

Die Kugel dreht sich weiter und wir vier wechseln uns mit Rufen ab, ohne uns an eine bestimmte Reihenfolge zu halten. Es funktioniert. Die Kugel kann sich nicht entscheiden und dreht sich an Ort und Stelle um sich selbst.

Aber so ganz scheint die Prüfung nicht bestanden. Die Kugel ist noch immer da und wenn wir aufhören, macht sie weiter.

Mir kommt ein Blitzgedanke. Ohne groß zu überlegen, renne ich auf die Kugel zu und kicke sie mit der Fußsohle in Richtung Rohr, wo sie hergekommen ist. Ziellos jagt die Kugel in der Arena umher.

»Kommt schon«, fordere ich auf. »Wir bringen die Kugel zurück nach Hause.«

Wir positionieren uns in Zweiergruppen und bringen sie, jedes Mal wenn sie dicht an uns vorbeisaust, mit Händen und Füßen vom Kurs ab. Mit der Zeit werden unsere Gegendrehungen koordinierter, sodass wir die Kugel immer näher zum Rohr bringen.

Mühsam gelingt es uns, sie dorthin zurückzuschieben. Kaum geschafft, jubeln uns Key und Kit von der Tribüne zu.

»Super!« Kit schwingt seinen Stock in die Höhe. »Genau so müsst ihr die Monster der Schattenwelt besiegen.« Die beiden treten zu uns herab in die Arena und wir versammeln uns.

»Hä? Indem wir den Monstern zurufen und sie verwirren?«, fragt David.

Kit holt mit seinem Stock ein weiteres Mal aus, erwischt David aber nicht, da er sich vorher hinter Ben in Sicherheit bringen kann.

»Nein, indem ihr zusammenarbeitet«, korrigiert Key. »Die Monster da draußen sind stärker als ihr. Doch ihr seid schlauer. Gemeinsam könnt ihr sie überlisten. Nutzt diesen Vorteil. Die Schattenwesen sind nicht so sanft wie die Kugel. Das hat Ben beim Weiher erlebt, genauso wie David, als er vom Graswolf angegriffen wurde.«

»Und glaubt mir«, ergänzt Kit. »Da draußen gibt es Wesen, denen ihr nicht freiwillig begegnen wollt. Ich habe das Gefühl, es werden immer mehr.«

»Was, wenn wir doch mal alleine sind?«, will Ben wissen. »Wir können ja jetzt nicht dauernd zusammen sein.«

»Dann seid so schlau und bringt euch so schnell wie möglich in Sicherheit. Geht ins Haus oder in einen Raum, den ihr verriegeln könnt«, stellt Kit klar. »Kämpft nicht, wenn ihr alleine seid. Das ist zu gefährlich.«

Nun hört es sich nicht mehr so toll an, auserwählt zu sein, wenn der Preis dafür ist, von solchen Wesen angegriffen zu werden. Ich weiß, was auf dem Spiel steht. Zumindest mehr als die anderen. Keine Ahnung, ob meine Freunde durchblicken, um was es eigentlich geht. Aber das werde ich noch erfahren.

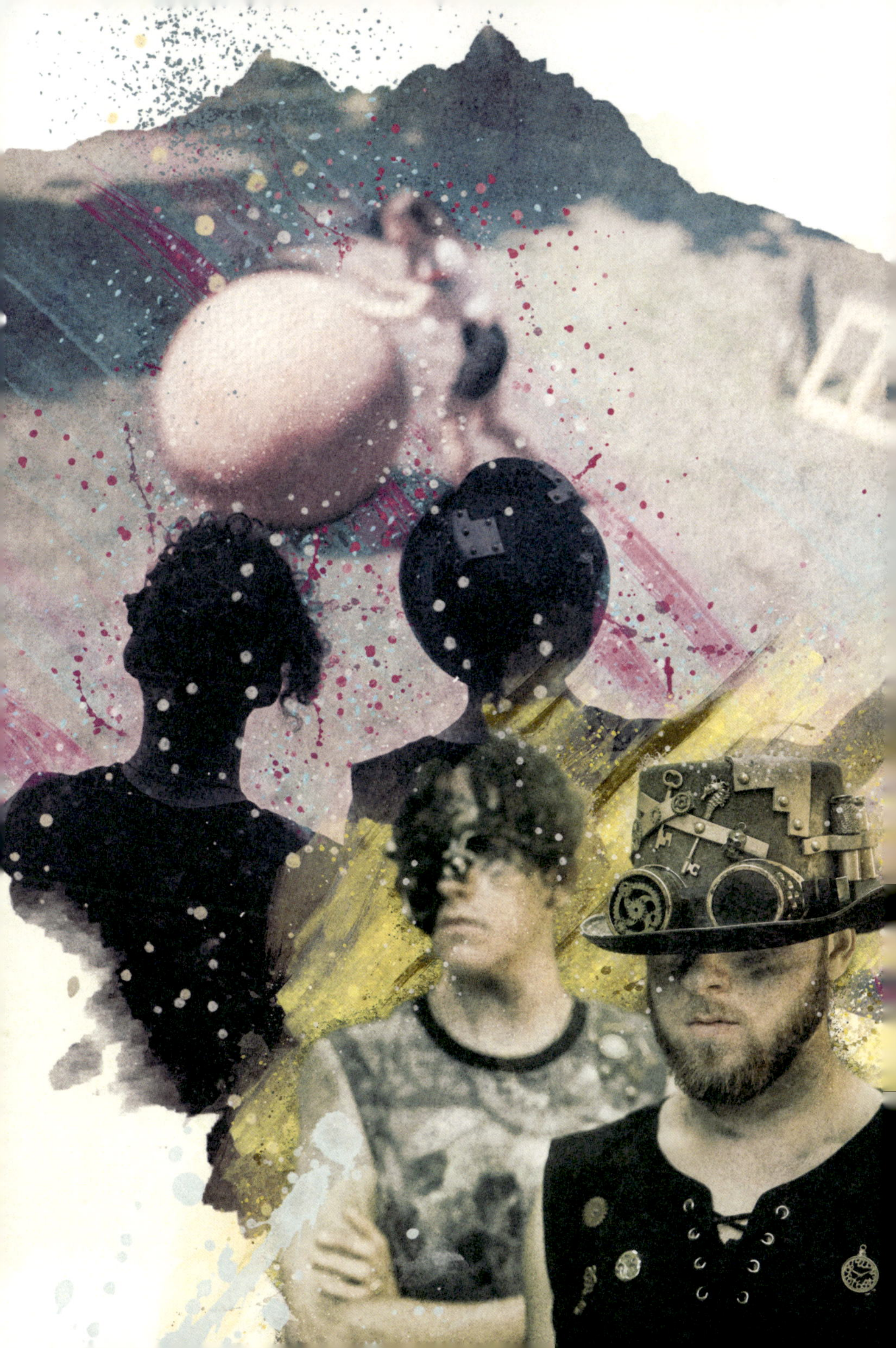

DAVID

Immer wenn ich glaube, dass es nicht verrückter werden kann, passiert genau das Gegenteil. Wir finden einen Schrottplatz, auf dem zwei Typen wohnen, die eine Monsterkugel auf uns hetzen.

»Ich denke, ihr müsst zuerst alles verdauen, was ihr heute erlebt habt.« Key spricht mir aus der Seele. »Die erste Prüfung habt ihr gut gemeistert. Morgen machen wir mit den Einzelprüfungen weiter.«

»Einzeln?« Mein Kopf wird plötzlich heiß. »Ich dachte, es ist wichtig, dass wir zusammenhalten?«

Kit lacht auf. »Ja, bei dem Teil wart ihr gar nicht so schlecht. Ihr dürft die vergessene Welt niemals unterschätzen. Um euch darin zurechtzufinden und zu überleben, müsst ihr aber auch alleine Herausforderungen meistern können.«

»Wir bereiten alles vor«, versichert Key. »Damit wir morgen loslegen können.«

Wir verabschieden uns von den beiden Schlüsselmachern und gehen den Weg zurück, bis wir wieder aus dem Maul des Drachen steigen. Die Zeit ist schneller vergangen als gedacht. Als wir aus dem Portal kommen, ist es später Nachmittag.

»Tschüss«, verabschiedet sich Nika rasch.

»Wollen wir nicht gemeinsam zurück in die Stadt fahren?«, fragt Ben und blickt Nika überrascht an.

Nika winkt ab. »Ich muss noch etwas erledigen. Wir sehen uns morgen.«

KAPITEL 10
BEN

Nika war schon immer ein merkwürdiges Mädchen. Zum ersten Mal habe ich sie in der Schule gesehen. Sie stand barfuß im Klassenzimmer und stellte sich vor. Sogar unser Lehrer war irritiert. Auch wenn ich nie groß mit ihr gesprochen habe, ist sie mir dauernd aufgefallen.

Seitdem wir wissen, dass wir beide zusammen mit David und Juna auserwählt sind, in die Fußstapfen der Moosburger zu treten, finde ich sie noch merkwürdiger. Sie redet dauernd so geheimnisvoll und ich habe das Gefühl, dass sie uns etwas verheimlicht.

Deshalb folge ich ihr mit dem Fahrrad in sicherer Entfernung. Ich hoffe, dass die anderen keinen Verdacht schöpfen, weil ich auch gleich abgehauen bin. Aber ich muss wissen, was Nika macht. Es lässt mir keine Ruhe.

Am See muss ich auf etwas mehr Abstand gehen, weil es nicht so viele Bäume gibt, die mir Sichtschutz geben. Was will sie hier?

Sie fährt weiter dem Seeufer entlang, vorbei an Leuten, die sich auf der Wiese sonnen oder ein Feuer entfacht haben, um zu grillen.

Ob sie mit jemandem verabredet ist? Trifft sie sich mit einem Jungen? Das wäre ultrapeinlich für mich. Vor allem, wenn ich entdeckt werde. Doch ich glaube, sie hat nicht viele Freunde, und genau deshalb bin ich neugierig, wo sie hin will.

Die Stellen, an denen die meisten Leute ihre Ferien genießen, lässt sie hinter sich. Sie fährt den Kiesweg weiter am Seeufer entlang. Mist. Ab hier kann ich ihr nicht mehr folgen. Das wäre zu auffällig.

Ich radle auf die geteerte Parallelstraße, den eigentlichen Fahrradweg, der um den gesamten See führt, weiter nach oben. Wenn sie am Ufer bleibt, kann ich sie von hier aus sehen. Die Büsche und Bäume zwischen den Wegen geben mir außerdem genügend Sichtschutz.

Wir gelangen schon fast wieder ans Ende der Stadt, als Nika endlich anhält und ihr Fahrrad am Ufer parkt. Ich lasse mein Rad in die Wiese fallen und verstecke mich hinter einem Baum.

Nika schaut sich kurz um, als ob sie sichergehen will, dass sie nicht beobachtet wird. War es zu auffällig, dass ich gefragt habe, ob wir gemeinsam in die Stadt zurückfahren? Eigentlich ist das ja eine normale Frage.

Sie betritt den See und schlendert hinaus, bis sie knöcheltief im Wasser steht. Dann streckt sie die Arme waagrecht aus.

Wieso tut sie das immer? Sie hört Dinge oder kann mit dem Wasser kommunizieren, sagt sie. Ob das so ähnlich funktioniert wie die Flüsterstimmen, die ich höre, wenn ein Vergessener in der Nähe ist?

Es dauert ein paar Minuten, bis sie weiter in den See hinausgeht. Nun dreht sie sich nochmals um und ich ziehe meinen Kopf zurück hinter den Baum. Sie darf mich nicht entdecken.

Was tut sie? Geht sie schwimmen? *Das* ist es, was sie vorhatte? Sie geht *schwimmen*?

Ich bin ihr den ganzen Weg gefolgt, weil sie *schwimmen* geht? Aber warum abseits von den anderen? Und warum in Klamotten? Ich komme mir mehr als lächerlich vor. Zum Glück hat mich niemand gesehen. Was habe ich mir dabei gedacht? Da haben mir meine Gedanken einen Streich gespielt.

Enttäuscht stapfe ich durch die Wiese zurück zu meinem Fahrrad und blicke noch einmal über die Schulter. Nika taucht ab und ... nicht mehr auf. Die Sekunden vergehen. Eigentlich müsste sie schon längst wieder an der Oberfläche sein.

Ich wusste gar nicht, dass sie so lange die Luft anhalten kann. Ich suche das Ufer nach ihr ab. Okay, das ist jetzt schon sehr lange.

Ich schlucke. Mein Puls beschleunigt sich und mir wird ganz heiß. Nein, ihr ist nichts passiert. Doch sagen das nicht alle in solch einer Situation? Man kann es nicht fassen und verliert wertvolle Sekunden. Was soll ich tun?

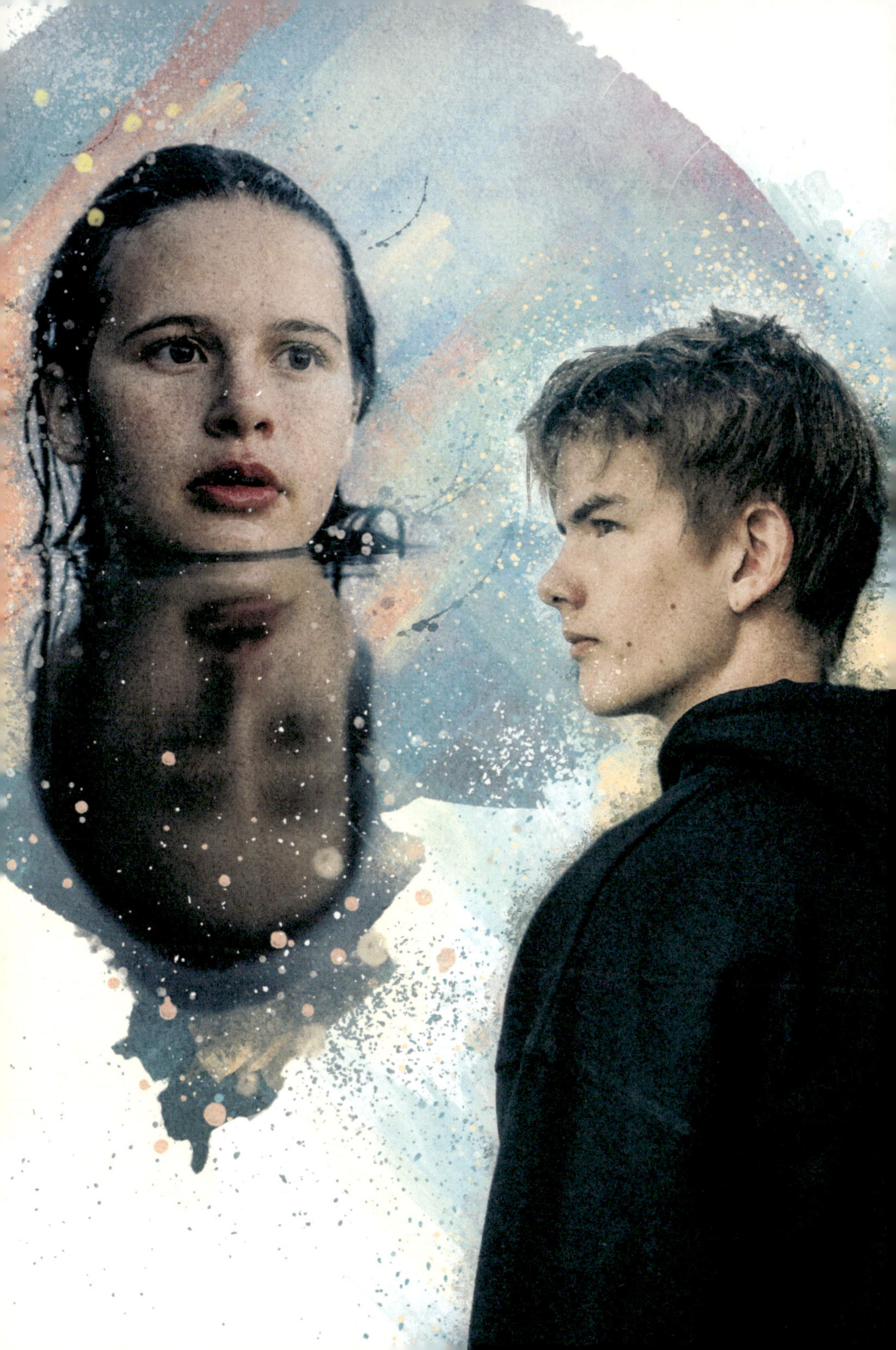

Ich warte noch etwas länger, doch dann bekomme ich Angst. Das ist nicht normal. Ich kenne niemanden, der so lange die Luft anhalten kann. Ich schaue mich um. Hier ist niemand.

Ich muss ihr helfen, doch meine Beine sind wie einbetoniert. Ich weiß nicht, was ich machen soll. Plötzlich taucht etwas auf, fast in der Mitte des Sees.

Ist sie bis dort hinaus getaucht? Ich kneife die Augen zusammen, damit ich besser in die Ferne schauen kann. Immer wieder kommt etwas kurz an die Oberfläche und taucht dann erneut ab.

Das ist kein Kopf, sondern irgendetwas anderes. Ich kann es nicht erkennen. Als ich genauer hinsehe, taucht wirklich Nikas Kopf auf. Gott sei Dank, sie lebt und schwimmt normal weiter. Ich atme erleichtert auf. Mir geht nicht aus dem Kopf, was ich gesehen habe. Was war das?

JUNA

Die Abendsonne durchflutet den Stall mit goldenem Licht. Ich liebe diese Stimmung. Zu gerne würde ich kurz ausreiten, aber ich bin total kaputt.

Deshalb fülle ich die Heunetze und räume ein wenig auf. Das muss für heute reichen. Oma und die anderen Leute, die hier regelmäßig auf dem Reiterhof sind, haben die Pferde schon bewegt.

»Bis morgen.«

Flocke schnaubt und ich bin sicher, dass sie mir so einen schönen Abend wünscht. Für einen Augenblick ist die Welt in Ordnung. Ich blende aus, was ich heute gehört und erlebt habe, weil es mir Angst macht.

Das Gefühl, endlich mal dazuzugehören, ist unglaublich schön und tut gut. Vor allem, weil ich dadurch Ben öfters sehe.

Aber was die beiden Typen auf dem Schrottplatz heute erzählt haben, lässt mich erschaudern. Dass ich beobachtet werden könnte und ich mich in Acht nehmen soll. Mein Leben war immer kompliziert. Jetzt habe ich das, was ich schon lange wollte. Trotzdem bin ich nicht glücklich.

Wieso bin ich so? Ich wünschte, meine Eltern wären hier. Mama würde das verstehen. Sie würde die richtigen Worte finden und dann würde es mir bessergehen. Ein halbes Jahr ist verdammt lang. Besonders, wenn man durch Kontinente getrennt ist. Ich kann es kaum erwarten, bis sie zu Weihnachten wieder zurück sind.

Gedankenversunken schließe ich den Stall und spüre einen kühlen Luftzug im Nacken.

Ich schaue kurz zum Waldrand hinüber und erstarre. Da ist wieder diese schwebende Gestalt mit der Fackel in der

Hand und ich habe das Gefühl, dass ich von ihr beobachtet werde.

Ob das ein Wesen aus der vergessenen Welt ist? Muss ich mich jetzt verbarrikadieren? Oder den anderen Bescheid geben? Tausend Gedanken jagen durch meinen Kopf und ich ergreife die Flucht.

»Oh, du bist zurück«, ruft Oma aus dem Haus, gerade als ich losrennen will. »Ich habe dich gar nicht kommen sehen.«

Mir fällt ein Stein vom Herzen, als ich Omas Lächeln erblicke. Ich bin nicht mehr allein. Ich schaue nochmals zum Waldrand. Die Gestalt ist verschwunden.

KAPITEL 11
DAVID

Ich habe noch nicht verdaut, was ich gesehen habe. Den anderen scheint es ähnlich zu gehen. Die Fahrt zum Industriegebiet am Waldrand, wo wir gestern in den Metalldrachen gestiegen sind, verläuft heute ruhig. Entweder sind die anderen müde oder sie können es auch nicht fassen.

Langsam begreife ich, dass diese vergessene Welt größer ist, als ich gedacht habe. Zuerst waren es nur ein paar gruselige Wesen, die uns beobachtet und sogar angegriffen haben. Dann sind wir auf das Mimpf-Mampf-Monster gestoßen und jetzt auf den Drachen, den Schrottplatz und die beiden Schlüsselmacher.

Die Ur-Moosburger haben in dieser Gegend gelebt und das merke ich immer mehr. Jede Spur deckt weitere Details auf. Von dem, was damals geschehen ist und das wir jetzt in Ordnung bringen müssen.

Der Drache taucht heute an derselben Stelle wieder auf und ist deutlich weniger gruselig, denn jetzt wissen wir, was dahintersteckt. Doch auf dem Schrottplatz wartet niemand auf uns. Ich rechne jederzeit mit Drohnen, die uns umzingeln werden, oder einer anderen abgefahrenen Überraschungsaktion. Doch das bleibt aus.

»Ihr habt es auch so verstanden, dass wir wiederkommen sollen, oder?«, frage ich zur Sicherheit in die Runde.

Ben stimmt mir zu. »Vielleicht sind sie in ihrer Hütte und schlafen noch?«

Wir betreten die heruntergekommene Terrasse und klopfen an die Tür der türkis-weißen Hütte. Keine Antwort. Niemand öffnet uns.

»Und jetzt?« Juna schaut ratlos zu den anderen Häusern und zur Arena. »Suchen wir das gesamte Gelände ab?«

Ben drückt die Klinke der Hütte nach unten und öffnet die Tür. »Wir sehen uns zuerst drinnen um.«

Das Sonnenlicht zwängt sich durch die Ritzen der geschlossenen Fensterläden. Es riecht muffig und die Möbel sehen genauso ranzig aus wie draußen. Ein Tisch, der mit einer Staubschicht bedeckt ist. Eine Art Küche, die schon länger nicht benutzt wurde. Geradeaus gibt es noch mehr Zimmer, die Türen sind jedoch zu.

»Schaut euch das mal an.« Nika zeigt auf die Wände und runzelt die Stirn.

»Da hängen herausgerissene Seiten von Zeitungen«, sage ich mehr zu mir selbst und lese leise die Schlagzeilen vor. »Emil, 14 Jahre, spurlos verschwunden.« Darüber ist ein Bild eines Jungen mit Zahnspange, der in die Kamera lächelt.

»Die siebenjährige Clara wird seit einer Woche vermisst«, liest Ben vor.

»Das ist ultragruselig«, sagt Juna ängstlich. »Ich habe das Gefühl, dass wir nicht hier sein sollten.«

»Hier gibt es noch mehr.« Nika fährt mit der Hand über die Zeitungsseiten. »Orkan fegt durch die Stadt.«

Ich betrachte das Bild bei Nikas Meldung. »Daran kann ich mich erinnern. Das war vor ein paar Jahren. Der Orkan hat die Überdachung unseres Gartens zerstört.«

»Wieso hängen diese Meldungen hier?«, fragt Ben.

»Weil das Beweise sind, was in der vergessenen Welt passiert.«

Ich zucke vor Schreck zusammen und blicke zur Tür.

Es ist Key, der im Schatten stehend mit der Maske noch unheimlicher aussieht. »Was macht ihr hier drin?«

»Sorry, das war meine Idee«, rechtfertigt sich Ben. »Wir haben euch gesucht.«

Key schaut uns misstrauisch an. »Ihr dürft auf dem Platz keine Türen öffnen, ohne zu wissen, was sich dahinter verbirgt. Das ist gefährlich.«

»Was sind das für Zeitungsartikel?«, fragt Nika.

Key schweigt. Ob er es uns nicht verraten will?

»Das sind Meldungen aus der Zeit, bevor wir zu Schlüsselmachern wurden.« Jetzt betritt Kit den Raum.

»Ihr wart nicht immer so?«, fragt Nika.

Kit schüttelt den Kopf. »Wir waren genau wie ihr. Dieselbe Mission, die vergessene Welt zu beschützen, erreichte uns. Wir waren vier Freunde, die das Abenteuer in der

Natur liebten, geheimnisvolle Orte erkundeten und dadurch von dieser anderen Welt erfuhren. Die Erkenntnis, dass es da draußen mehr gibt als das, was die meisten Menschen sehen und hören, zog uns in den Bann. Wir jagten von einem Abenteuer ins nächste und irgendwann scheiterten wir am stärksten Gegner.«

»Dem Mimpf-Mampf-Monster?«, schießt es aus mir heraus und ich denke an den Nebel im blubbernden Moor, der mich mit meinen eigenen Ängsten angegriffen hat.

Kit lacht auf. »Oh nein. Es ist schlimmer als alle Kreaturen aus der vergessenen Welt.«

»Und was ist das für ein Gegner?«, frage ich vorsichtig.

»Wir wurden erwachsen«, ergänzt Key für seinen Freund. »Alles andere schien wichtiger und wir haben den Glauben an die vergessene Welt verloren. Zwei von uns ganz, doch Kit und ich haben gemerkt, was da draußen vor sich geht. Deshalb sind wir zurückgekehrt. In die Fußstapfen der Moosburger kann man aber nur treten, wenn man zusammenhält. Und wir konnten die anderen nicht zurückholen.«

»Und was ging da draußen ab?«, möchte Ben wissen.

Key seufzt. »Dasselbe wie heute. Nur dass die Schattenwesen jetzt stärker sind.« Er schreitet zur Wand und betrachtet die vielen Meldungen. »Gewitter, Erdbeben, Stürme – die Naturkatastrophen werden immer heftiger.«

»Und was hat das mit den Schattenwesen und der vergessenen Welt zu tun?«, fragt Juna.

»Wenn man solche Nachrichten hört, schiebt man die Ursache entweder auf die Menschen oder die Natur«, erklärt Kit. »Das mag in vielen Fällen stimmen. Doch es gibt Situationen, in denen die Ursache eine andere ist. Ein Angriff von Schattenwesen oder ein Kampf in der vergessenen Welt. Das, was wir in den Nachrichten hören, können Spuren davon sein.«

Ben schaut Kit nachdenklich an. »Dann war das Gewitter vor ein paar Tagen kein normales Gewitter?«

Kit zuckt die Schultern. »Keine Ahnung. So einfach lässt sich das nicht sagen. Naturkatastrophen sind längst nicht alles. Es gibt andere Meldungen, die auf das Werk der Schattenwesen deuten. Meldungen über vermisste Personen. Menschen, die spurlos verschwinden.«

»Meistens stecken Menschen dahinter«, erklärt Key weiter. »Oder ein Unfall. Doch auch da gibt es Fälle, bei denen die Spuren zu den Schattenwesen führen.«

Mir fährt es kalt den Rücken hinunter. »Das sind Fälle für die Polizei.«

Key schüttelt den Kopf. »Die Polizei ist gut darin, Verbrechen zu lösen, bei denen Menschen dahinterstecken. Sobald es um andere Dinge geht, stößt sie an ihre Grenzen.«

Ich seufze und fahre mir durch die Haare. »Leute! Das Ganze ist definitiv eine Nummer zu groß für uns. Zumindest für mich. Wir sind keine Superhelden.«

»Nein, das seid ihr nicht«, stimmt Kit mir zu. »Wir brauchen keine Superhelden. Wir brauchen Menschen, die genauer hinsehen und -hören können und somit mehr wahrnehmen, als die anderen Menschen da draußen. Diese Fähigkeit habt ihr, sonst wärt ihr nicht hier.«

»Was ist mit diesen Leuten passiert?« Nika zeigt auf die Vermisstenmeldungen an der Wand. »Wurden sie gefunden?«

»Nicht alle«, antwortet Key und betrachtet die Meldung von Emil. »Bei einigen wissen wir, dass sie Verbindungen zur vergessenen Welt hatten. In vielen Fällen tappen wir noch im Dunkeln.«

»Aber das müsst ihr uns überlassen«, stellt Kit klar. »Eure Aufgabe ist es, wieder Ordnung in die vergessene Welt zu bringen. Hier, in unserer Region. Damit solche Dinge nicht mehr passieren und es keine Katastrophen gibt, die nicht wegen der Natur geschehen.«

Ich bin froh, als wir wieder draußen sind und die Sonnenstrahlen mein Gesicht wärmen. Das war echt heftig. Jetzt ist mir klar, was auf dem Spiel steht und weshalb es so wichtig ist, dass wir unsere Mission erfüllen. Doch nach all dem fühle ich mich noch viel weniger geeignet.

»Wir machen weiter mit den Prüfungen«, verkündet Key. »Und gehen in die Einzelphasen über. Ihr habt unterschiedliche Fähigkeiten, die ihr mitbringt. Und genau die wollen wir sehen. Ben! Du zuerst.«

KAPITEL 12
BEN

Meine Oberschenkel brennen, ich schnappe nach Luft und konzentriere mich trotzdem auf den Holzstock, den Key in immer kürzeren Abständen unter meinen Füßen durchzieht.

Jedes Mal wenn er den Stock schwingt, springe ich von der Federwippe ab, um danach wieder auf der Plattform zu landen und mein Gleichgewicht zu halten. Ich schätze, es war früher mal ein Schaukeltier und wurde in eine Federfolter umgebaut.

»Sehr gut!« Key zieht den Stock zu sich und stoppt diesen Mist. »Sogar verdammt gut.«

Ich springe von der Federwippe ab. Als ich wieder festen Boden unter den Füßen habe, sacken meine Beine zusammen und ich lege mich ins Gras. Ich konzentriere mich auf meinen Atem, was mir schwerfällt, weil das Seitenstechen stärker wird.

»Du warst bisher der Beste.« Key schaut mit hochgezogenen Augenbrauen zu mir hinunter und verdeckt mit seinem Kopf die Sonne.

Ich ringe um Luft. Der Schweiß rinnt über meine Stirn.

»Wie viele haben das bisher gemacht?«

Er grinst. »Du warst der Erste.«

Ich schließe die Augen und muss lachen. »Das war die Hölle. Ich habe im Parkour-Training ja schon viel erlebt, aber das war echt krass.«

»Das waren nur ein paar Minuten.« Key presst die Lippen zusammen. »Und es war erst das Aufwärmen vor deiner persönlichen Prüfung.«

Ich sitze erschrocken auf. »Aufwärmen? Was kommt denn noch?«

Er zeigt mit seinem Stock zu den Holzhütten hinüber. »Kit hat einen Parcours für dich vorbereitet.«

Ich lasse mich zurück ins Gras fallen. »Das ist nicht euer Ernst!«

»Die vergessene Welt zu retten ist kein Kinderspiel. Also, falls du es dir anders überlegst ...«

Mühsam raffe ich mich auf, bis ich wieder mit beiden Beinen auf dem Boden stehe. »Dafür stecken wir zu tief drin.«

»Ich mag deine Einstellung, weißt du das? Die tut auch deinen Freunden gut.«

Dieses Kompliment zaubert mir ein Lächeln aufs Gesicht. Ich wische mir mit dem Saum meines T-Shirts den Schweiß von der Stirn und gehe mit zittrigen Beinen zu den Hütten.

Kit steht lässig auf einem Hüttendach und erwartet mich. »Du hast schon besser ausgesehen.«

Ich halte die Hand hoch. »Sag nichts. Ich will einfach nur diese verdammte Prüfung machen.«

Er erklärt mir den Parcours, der von Hütte zu Hütte führt. Bei jeder wartet ein anderes Hindernis auf mich. Eigentlich sollte das kein Problem sein, da ich regelmäßig Parkour mache. Trotzdem ist es jedes Mal eine neue Herausforderung und ich weiß nicht, was mich erwartet.

»Bist du bereit?«

Ich nicke, atme tief durch und fixiere das Seil an der Holzwand, das zu Kit auf das Dach hinaufführt.

Kit schlägt seinen Stock auf das Holzdach und gibt mir somit das Startsignal. Ich sprinte los, schnappe mir das Seil und klettere innerhalb weniger Sekunden auf das Dach.

»Du schaffst das«, flüstert mir Kit motivierend zu, als ich neben ihm stehe.

NIKA

Die beiden Schlüsselmacher führen mich zu einer überdachten Werkbank in den hinteren Teil des Geländes. Kit setzt sich auf einen verrosteten Gartenstuhl und widmet sich einem Gefährt, das früher mal ein normales Fahrrad war.

»Er hat immer etwas zu tun«, sagt Key, der bemerkt hat, wie ich Kit beobachte. »Wir widmen uns aber etwas anderem.«

Er führt mich an die Werkbank und öffnet eine Holzschatulle, die genauso aussieht wie die, in der Ben den Kompass gefunden hat. Diese ist mit lauter alten Schlüsseln und kleinen Zahnrädern gefüllt. Key kippt die Schatulle aus. Der Inhalt verteilt sich auf der Werkbank.

Das sind echt viele Schlüssel, die aussehen, als kämen sie aus einem anderen Jahrhundert. Es gibt große, die mit Sicherheit riesige Tore öffnen können, aber auch winzige, bei denen ich mich frage, in welche Schlösser, die wohl passen.

»Habt ihr die gemacht?«

Key nickt und betrachtet die Schlüssel, als ob er mir seine wertvollste Sammlung zeigen würde. »Die Kunst besteht darin, sie zu verstehen.«

Irritiert blicke ich auf die Hunderte von Schlüsseln auf dem Tisch. »Sie verstehen? Du meinst, herauszufinden, in welches Schloss sie passen?«

»Nein, ich meine, sie zu *verstehen*. Ihnen genau zuzuhören. Wenn du ihren Worten lauschst, erzählen sie dir ihre Geschichte. So findest du heraus, für welches Schloss sie gemacht wurden. Hört sich das für dich merkwürdig an?«

Ich schüttle den Kopf, weil ich kapiere, was Key mir damit sagen will.

»Du besitzt diese Fähigkeit, habe ich recht?«

Ich nicke. »Mit Schlüsseln habe ich das noch nie gemacht.«

»Verstehe.«

Ob ich ihm vertrauen kann? Ich verspüre einen Drang, ihm zu sagen, was ich verstehe. Bis auf Ben habe ich seit Langem keine Person mehr getroffen, die Dinge hört, die andere nicht hören. Ich muss es ihm sagen.

»Ich kann mit dem Wasser und den Wesen, die darin wohnen, kommunizieren.« Jetzt ist es raus. Ich halte die Luft an und warte darauf, dass Key etwas sagt. Obwohl ich mich auf die Schlüssel konzentriere, spüre ich seinen Blick aus dem Augenwinkel.

»Ich weiß. Ich habe dich beobachtet.«

Ich schlucke den Kloß in meinem Hals herunter. Ich bin erleichtert, dass Key versteht, wovon ich spreche. Trotzdem ist es gruselig, dass er mich beobachtet hat.

»Wissen deine Freunde, was du kannst?«

Ich schüttle den Kopf. »Sie haben zwar schon gesehen, wie ich im Wasser stehe und dabei etwas fühle. Aber sie wissen nicht, was dahintersteckt.«

Vielleicht wäre es gut, zu erwähnen, warum ich bisher mit den anderen Moosburgern nicht darüber gesprochen habe. Key würde es vielleicht verstehen. Nein, ich behalte es für mich.

Für einen Augenblick herrscht Stille. Ich bin mir sicher, dass Key dazu etwas sagen möchte, doch er tut es nicht. Stattdessen lenkt er unser Gespräch wieder auf die Schlüssel.

»Die können dir Zugang zu Portalen verschaffen.« Er nimmt einen der winzigen Schlüssel in die Hand. »Lass dich nicht durch ihre Größe täuschen. Selbst kleine Schlüssel können riesige Welten öffnen.«

Ich fahre mit meinem Finger vorsichtig über einen Schlüssel, der mit einem Totenkopf verziert ist. »Wie funktionieren sie?«

»Du musst nur zuhören, dann offenbaren sie dir ihre Geschichte.«

»Und wann erzählen sie die?«

Key schmunzelt. »Sie sind schon längst dabei.«

Ich schaue mir die verschiedenen Schlüssel genau an. Sie faszinieren mich und ich frage mich bei jedem einzelnen, für was er gedacht ist. Neben dem mit dem Totenkopf gibt es welche mit einer Art Engelsflügeln. Einer hat einen Kopf mit einer Krone. Ob man mit ihm Zugang zu einem königlichen Schloss bekommt? Andere sehen normal aus. Wie Schlüssel, die zu Schlössern in alten Häusern passen. Die kleinen sind vielleicht eher für das Schloss eines Tagebuchs gedacht.

»Konzentriere dich nicht auf das, was du siehst, sondern auf das, was du hörst und fühlst.«

Ich nicke, schließe meine Augen und versuche, Keys Anweisung zu folgen. Ich höre den Wind, wie er die Bäume zum Rauschen bringt. Ein Klackern verrät mir, dass Kit noch immer mit diesem Fahrrad beschäftigt ist. Ich lasse mich zu sehr von den Geräuschen ablenken. Ich weiß, wie es funktioniert. Doch wenn ich im Wasser stehe, ist es einfacher.

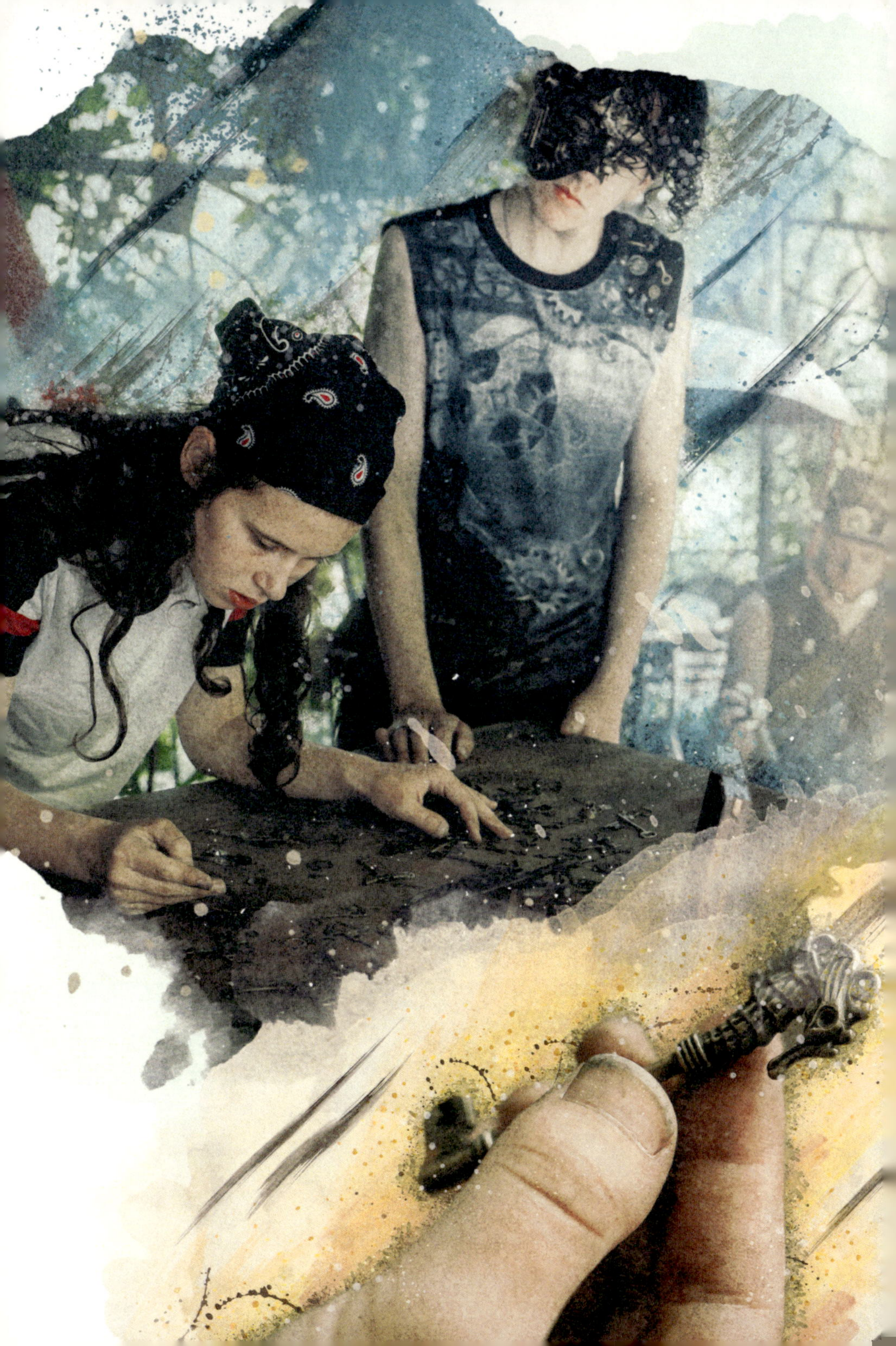

Ich atme tief durch und mache es so wie im See, breite meine Arme etwas aus und lausche. Neben all den Geräuschen höre ich ein leichtes Säuseln. Ich konzentriere mich nur darauf. Je mehr ich zuhöre, desto lauter wird es. Das unverständliche Flüstern ist dicht an meinem Ohr.

Ich öffne die Augen und betrachte erneut die Werkbank mit den Schlüsseln. Die Stimmen vermehren sich. Leise und laute Flüsterstimmen kämpfen um meine Aufmerksamkeit. Alle wollen mir ihre Geschichte erzählen. Es sind so viele. Ich weiß gar nicht, wem ich zuhören soll.

Key bemerkt meine Unsicherheit und legt mir die Hand auf die Schulter. »Eine Stimme. Konzentriere dich nur auf eine Stimme.«

Ich nicke und blicke auf die vielen Schlüssel, ohne dabei einen einzigen zu fixieren. Ich schaue ins Leere und suche in Gedanken nach der Stimme, die ich am Anfang gehört habe. Das feine Säuseln, wo ist es hin? Es ist unglaublich anstrengend, als ob man zu viel Schulstoff in zu wenig Zeit in den Kopf bekommen muss. Doch nach einer Weile höre ich die Stimme wieder. Ich lasse sie nicht mehr gehen, sondern schenke ihr meine volle Aufmerksamkeit. Je konzentrierter ich das tue, desto leiser werden die anderen.

Jetzt merke ich, von wo diese Stimme kommt. Ich weiß nicht, von welchem Schlüssel, doch er liegt sicher auf der rechten Seite der Werkbank. Und plötzlich sehe ich ihn. Ein mittelgroßer, alter Schlüssel, dessen Kopf ein Seepferd ist.

Das ist er. Der säuselnde Schlüssel. Ich strecke meine Hand aus und hebe ihn vorsichtig vom Tisch auf.

Dann verstummt er augenblicklich, als hätte er alles gesagt, was ich wissen muss, obwohl ich kein Wort verstanden habe.

Kit steht vom Gartenstuhl auf und tritt zu uns an die Werkbank. »Gut gemacht.«

DAVID

So abgefahren dieser Schrottplatz ist, was ich jetzt sehe, übertrifft alles.

»Willkommen in der Kommandozentrale.« Kit setzt sich auf einen abgewetzten Bürostuhl und zieht sich an eine Art Cockpit heran.

Juna und ich sind mit ihm in einer Rakete, die mitten auf dem Schrottplatz steht. Zu Beginn ist sie mir gar nicht aufgefallen, weil es hier so viele verrückte Bauten gibt. Doch es sieht echt wie eine Rakete aus. Nachdem wir unten durch die Tür hereingekommen sind, sind wir eine Treppe hochgestapft und in dieses Cockpit gekommen.

Durch ein Fenster ohne Scheiben, dafür mit Gitter, haben wir eine Aussicht über fast den gesamten Schrottplatz. Überall hängen klobige Bildschirme, die sicher aus der Zeit vor meinen Großeltern stammen und die heute keiner mehr benutzen würde.

Auf den Tastaturen fehlen die meisten Buchstaben oder sie wurden durch Hieroglyphen ersetzt. Die lila-gelbe Farbe an den Wänden im Inneren der Rakete ist abgeblättert und überall sind Motherboards angebracht.

»In welcher Welt sind wir denn hier gelandet?« Ich fahre mit der Hand über die rostigen Stellen an der Wand. »Stürzt dieses Ding nicht ein?«

Kit winkt ab. »Ach was, das funktioniert alles prima.« Er schlägt mit der Faust zweimal auf den Tisch des Cockpits.

Es rattert und quietscht. Die alten Maschinen fahren hoch und auf den Bildschirmen wird etwas angezeigt. Die Umrisse eines Drachen.

»Ist das der Schrottdrache, durch den wir hierhergekommen sind?«, will Juna wissen.

»Exakt.« Kit tippt auf den Hieroglyphen der Tastatur herum. »Hiermit steuern wir ihn. Und genau das werdet ihr jetzt tun.«

»Wie bitte?« Ich weiche zwei Schritte zurück. »Ich steuere das Ding nicht, solange wir drin sind.«

Kit rückt seinen Hut zurecht. »Du vergisst, dass wir nicht in diesem Drachen sind. Er dient nur als Portal zu diesem Ort.«

»Dann hat das keine Auswirkungen auf uns, wenn wir den Drachen steuern?« Ich nähere mich wieder dem Schaltbrett.

»Nein, aber wir müssen schauen, dass wir mit dem Drachen im Wald des Industriegebiets bleiben. Da kommen nur selten Leute vorbei.«

»Und wie funktioniert das?« Juna blickt unsicher auf die vielen Knöpfe.

»Ähnlich wie beim Reiten eines Pferdes«, erklärt Kit und bei Juna gehen sofort die Mundwinkel nach oben. »Die Technik spielt keine große Rolle. Ihr müsst euch vielmehr in den Drachen hineinversetzen und ihn *fühlen*. Aber ich warne euch. Auch wenn ihr ihn steuern könnt, behält er trotzdem seinen eigenen Willen. Ein Titan kann zickig sein.«

Juna schmunzelt. »Genau wie ein Pferd.«

»Exakt!« Kit schlägt erneut mit der Faust auf das Schaltbrett, worauf sich eine Klappe öffnet. »Und ihr braucht eine Ausrüstung.« Er fischt zwei Metallmasken, auf denen Zahnräder und Schläuche sind, aus einem Fach und überreicht sie uns.

»Die sieht aus wie der Kopf einer Katze«, bemerkt Juna und bestaunt die Maske in ihrer Hand.

Kit nickt. »Die meisten Titanen sind Tiere. Deshalb sind die Masken so gebaut.«

Ich blicke auf meine, die eine Art Ente oder Eule darstellen könnte, so genau sieht man es nicht. Aus der Maske ragen verschiedene Kabel und die Augen gleichen der Schweißerbrille auf Kits Hut. Mir wird etwas flau im Magen. »Können wir die jederzeit ausziehen, wenn wir abbrechen wollen?«

»Ja, das könnt ihr«, versichert Kit. »Stellt euch das Ganze wie eine Virtual-Reality-Brille vor. Nur dass ihr mit euren Gefühlen bei der Sache sein müsst.« Er signalisiert uns mit einer Handbewegung, dass wir sie aufsetzen sollen.

Ich schlucke, hebe die Maske über meinen Kopf und ziehe sie hinunter über die Augen. »Wow! Was ist denn das für eine krasse Sicht? Ich bin mitten im Wald.«

»Du bist der Drache«, meint Kit.

»Voll cool.« Durch die Maske sehe ich, was der Drache sieht. Obwohl ich keinen Virtual-Reality-Anzug oder so anhabe, kann ich den Drachen spüren. Es fühlt sich merkwürdig an.

»Das ist wirklich cool«, sagt Juna genauso begeistert. »Wenn wir diese Masken tragen, können wir die Knöpfe in der Kommandozentrale gar nicht sehen. Wie sollen wir steuern?«

»Die Knöpfe braucht ihr nicht«, antwortet Kit. »Die sind nur für die Einstellungen oder den Notfall gedacht. Ihr steuert den Titanen mit euren Gefühlen. Nehmt die Hände nach vorne und versucht, mit dem Drachen aufzustehen.«

Langsam strecke ich die Arme aus und spreize dabei meine Finger. Ich denke, es funktioniert ähnlich wie bei Kit, als er die Drohnen gesteuert hat. Ich schwenke meine Hände mit leichten Bewegungen, als ob ich eine Glühbirne anschrauben würde. Der Kopf des Drachen bewegt sich langsam.

»Hey! Was passiert hier?« Juna ist ganz aufgeregt und fuchtelt mit ihren Händen herum, das kann ich schwach durch die Brille erkennen.

Der Drache wird wild und macht ruckartige Bewegungen. Sein Kopf dreht sich von der einen auf die andere Seite.

»Was machst du?«, zische ich Juna an. »Beweg dich nicht so hastig.«

»Ich mache gar nichts!«, antwortet sie und kichert.

»Versucht, noch mehr mit Gefühl zu steuern«, sagt Kit.

»Was geht denn jetzt ab?« Der Drache erhebt sich, ohne dass ich etwas mache. »Das wollte ich so nicht.«

Kit lacht auf. »Denkt an den eigenen Willen. Den könnt ihr nicht ausschalten. Ihr müsst lernen, mit dem Drachen zusammenzuarbeiten.«

»Hallo?« Juna fuchtelt schon wieder herum. »Er läuft in die komplett andere Richtung. Einmal drehen, bitte.«

»Der Drache hat keine Sprachsteuerung«, weise ich sie zurecht.

»Lasst ihn gehen, wohin er will«, schlägt Kit vor. »Nach ein paar Minuten könnt ihr versuchen, ihm eine Richtung vorzugeben.«

»Wäre es nicht einfacher, wenn wir den Drachen einzeln steuern?«, fragt Juna, als wäre es eine Entschuldigung für ihr Herumfuchteln.

»Ihr könnt ihn alleine steuern«, versichert Kit. »Doch wenn ihr mit ihm kämpft, braucht es zwei Personen. Es ist unmöglich, alleine den Überblick zu behalten.«

Ich habe schon einige Videospiele durchgezockt, aber das ist krass. Die Vorstellung, dass ich einen Drachen steuere, der in der echten Welt herumläuft, ist so verrückt. »Darf ich den einsetzen, wenn mich meine Eltern das nächste Mal stressen?«

Juna lacht und fuchtelt dabei erneut herum, was den Drachen aus dem Gleichgewicht bringt. »Oder ich lasse ihn auf meine Lehrerin los, wenn ich ein schlechtes Zeugnis bekomme.«

»Als ob du je ein schlechtes Zeugnis bekommen hättest«, protestiere ich. »Wenn schon, müsste mein Zeugnis mit dem Drachen aufgepimpt werden.«

»Ich glaube, da kann selbst der Drache nicht mehr helfen.«

Wow. Das kam unerwartet.

»Der Drache wird nicht für solch unwichtige Dinge eingesetzt«, stellt Kit klar. »Das ist kein Spielzeug, sondern eine Waffe, die nur im Kampf gegen die Schattenwesen genutzt wird.«

»Schon klar«, murmle ich enttäuscht und übe weiter.

Nach einiger Zeit harmonieren wir langsam mit dem Drachen. Er hört auf unsere Befehle und führt sie auch meistens aus. Ich muss mich immer auf das konzentrieren, was ich bewegen will. Wenn ich möchte, dass er vorwärtsgeht, konzentriere ich mich auf die Beine und bewege sie. Wenn er das Maul aufreißen soll, muss ich daran denken und ihm den Befehl geben.

So ein Metallwesen über Gedanken zu steuern, ist echt abgefahren und ich kann es kaum erwarten, es auszuprobieren, wenn ich vor dem Drachen stehe. Doch das wird noch eine Weile dauern.

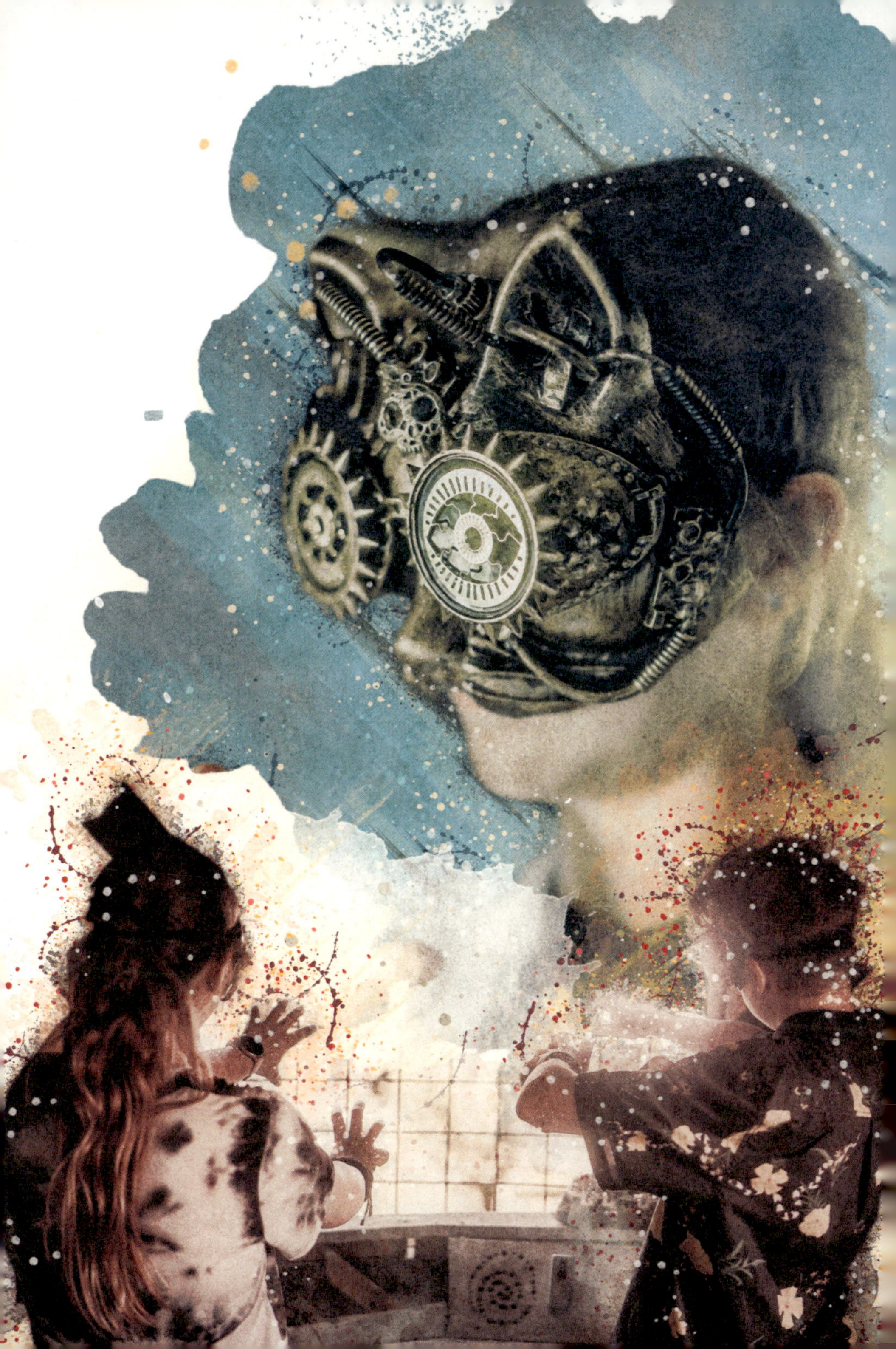

KAPITEL 13
BEN

Sie tut es schon wieder. Gleich nachdem wir den Schrottplatz verlassen haben, hat sich Nika von uns verabschiedet. Dieselbe Ausrede. Wieder fährt sie an den See und verschwindet im Wasser.

Diesmal will ich es genauer wissen. Ich schleiche die Böschung hinunter, ohne dabei das Wasser aus dem Blick zu verlieren. Sie ist noch nicht wieder aufgetaucht. Das kann doch nicht sein!

Ich habe zwar keine Angst mehr, weil sie das beim letzten Mal schon getan hat, aber ich will wissen, wie und warum sie das macht.

Gerade als Nika auftaucht, gehe ich am Ufer hinter einem Baum in Deckung. Zuerst sehe ich ihren Kopf. Sie taucht wieder ab und diesmal schaue ich genau hin. Einen Moment, nachdem sie abgetaucht ist, springt etwas aus dem Wasser, um gleich wieder darin zu versinken. Das sieht aus wie ... ein Fisch.

Hä? Was macht Nika da? Schwimmt sie mit einem Fisch? Ich wage mich dichter heran, ziehe Schuhe und Socken aus und betrete das Wasser. Puh, das ist echt kühl. Die spitzen Steine piksen meine Füße. Es ist mir nach wie vor ein Rätsel, wie Nika es schafft, dauernd barfuß unterwegs zu sein. Ich würde schon nach einem Tag sterben.

Ich gehe bis zu den Knien ins Wasser hinein. Erneut blicke ich über den See. Keine Spur von Nika. Soll ich tiefer hineingehen? Dann werden meine Klamotten nass. Ich mache zwei Schritte, bis das Wasser meine kurze Hose berührt. Dann überwinde ich mich und schwimme los, so weit, bis ich keinen Boden mehr unter den Füßen spüre. Soll ich nach ihr rufen? Ob sie mich überhaupt hört?

Einen Augenblick später packt mich etwas am rechten Bein und zieht mich unter die Wasseroberfläche. Shit! Wie konnte ich so dumm sein? Die beiden Schlüsselmacher haben uns gewarnt, dass wir uns nicht zu lange in abgelegenen Gebieten aufhalten sollen.

Ich will mich losreißen, schaffe es aber nicht. Stattdessen werde ich zurück in Richtung Ufer gezerrt. Aus dem grünlichen Wasser erscheint ein Gesicht vor mir. Nika?

Ich schreie unter Wasser. Nein, das ist sie nicht. Also, irgendwie schon. Es ist ihr Gesicht. Doch ihre Augen sehen wie die von einem Zombie aus. Milchig, die Pupillen sind kaum zu erkennen. Mit was habe ich es hier zu tun?

Das Wesen schwimmt nach oben und zieht mich an die Oberfläche. »Was machst du hier?« Dieselbe Frage, die mir Key in der Nacht beim Weiher gestellt hat, mit demselben aggressiven Ton.

»I-ich ...« Ja, was mache ich eigentlich hier?

»Spionierst du mir nach?« So habe ich Nika nie zuvor erlebt. Ihre Augen sehen zwar wieder wie üblich aus, doch in ihrem Blick schwingen Wut und Enttäuschung mit.

»T-tut mir l-leid«, stottere ich und spüre wieder festen Boden. Ich will es ihr erklären.

»Ich möchte nicht, dass du mir nachläufst.«

Verzweifelt suche ich nach den richtigen Worten und bin mir gleichzeitig nicht sicher, ob es die überhaupt gibt.
»I-ich wollte n-nur ...«

»Nein!«, unterbricht sie mich. »Ich will das nicht, kapierst du? Hau ab! Geh nach Hause!«

Sie gibt mir keine Gelegenheit, mich zu erklären. Ich merke, dass wir nicht weiterkommen. Deshalb nicke ich, drehe mich um und gehe zurück ans Ufer. Ich stopfe meine Socken in die Schuhe und nehme sie mit.

Einmal drehe ich mich noch um. Nika schaut mich aufgebracht an. Ihr schneller Atem bewegt ihren ganzen Oberkörper. Ohne ein weiteres Wort kehre ich ihr den Rücken zu und laufe zu meinem Fahrrad.

NIKA

Wie kann er es wagen, mir zu folgen? Wer erlaubt es ihm, mich zu beobachten? Habe ich mich so in ihm getäuscht? Er hat nichts mehr gesagt, hat sich nicht mehr umgedreht, als er zum Fahrrad gelaufen ist. Er ist einfach davongefahren.

Bin ich zu weit gegangen? Hasst er mich jetzt? Meine Hände zittern. Ich bin wütend, enttäuscht, traurig und das alles zusammen. So sehr, dass ich die Tränen nicht zurückhalten kann.

Verdammt! Wieso hat er das getan? Er hat sich in Gefahr gebracht, um mich auszuspionieren. Vertraut er mir nicht? Ich dachte, wir sind Freunde.

Was ist bloß mit mir los? Wieso bin ich so? Wieso kann ich nicht normal sein?

Ich setze mich ans Ufer und blicke auf den See hinaus. Das Wasser, das mir so vertraut ist. Ist es das überhaupt noch?

Kieselsteine knirschen hinter mir. Ben? Kommt er zurück? Ich drehe mich um und zucke zusammen.

»Darf ich mich zu dir setzen?« Madame Gecka lächelt mich freundlich an.

Ich nicke und wische mir mit dem Handrücken die Tränen aus den Augen.

Als sie sich setzt, rutscht ihr zerfetztes Kleid ein wenig nach oben, sodass ich einen Fuß von ihr sehen kann. Fünf gespreizte Zehen, die wie haarige, fette Raupen aussehen.

Mist. Sie hat bemerkt, dass ich ihren Fuß anstarre. Ich wende den Blick sofort wieder aufs Wasser.

»Siehst du? Mir geht es genauso.«

»Was meinen Sie?« Meine Stimme zittert. Man hört, dass ich geweint habe.

»Ich bin anders als die anderen. Genau wie du.«

Ich schaue in ihr faltiges Gesicht, das mir mittlerweile so vertraut ist. Sie ist ein so liebes Wesen und hat uns immer geholfen. »Sie wissen es?«

»Mein Kind. Ich weiß noch so viel mehr. Ich kenne euch alle, deshalb seid ihr auserwählt.«

Ich seufze. Eine weitere Träne kullert meine Backe herunter. »Manchmal ist es echt anstrengend, anders zu sein.«

Madame Gecka kichert. »Wem sagst du das? Doch es ist wichtig, zu wissen, dass du genau deshalb auserwählt bist.«

»Weil ich anders bin?«

»Weil du andere Fähigkeiten hast.«

»Die ich nicht einsetzen kann, weil mich dann alle verurteilen für das, was ich bin«, verteidige ich mich.

»Bist du sicher? Hast du es denn jemandem erzählt?«

Ich schweige. Nein, habe ich nicht. Obwohl ich schon oft daran gedacht habe, habe ich bisher den Mut nicht aufgebracht. Den Mut, zuzugeben, dass ich anders bin.

Madame Gecka lässt die Stille zu. Sie schenkt mir Zeit, um meine Gedanken zu sortieren. Dann schaut sie auf das Wasser hinaus und findet die Worte wieder.

»Es ist schwierig, sich die Erinnerung zu bewahren, wo man hingehört, wenn man keine Gleichgesinnten um sich herum hat.«

»Das hatte ich. Aber ich weiß nicht, wo sie jetzt sind«, erkläre ich. »Jeden Abend suche ich sie. Die wenigen, die noch übrig sind. Wahrscheinlich haben sie mich auch verlassen.«

»Haben sie nicht. Sie mussten fliehen. Der See ist kein sicherer Ort mehr. Die Schattenwesen dringen immer weiter vor. Es wurde zu gefährlich.«

»Dann wissen Sie, wo ich sie finden kann?«

Madame Gecka schüttelt den Kopf. »Nein. Aber sie scheinen zu wissen, wo das ist, wonach wir suchen.«

»Der stählerne Adler«, hauche ich.

Madame Geckas Mundwinkel ziehen sich nach oben. »Die Schattenwesen haben herausgefunden, dass dein Volk mehr weiß. Also haben sie ihnen aufgelauert, sie sogar angegriffen. Dein Volk ist geflohen und hat sich in der Stadt versteckt.«

»Warum weiß ich davon nichts?«

»Weil sie euch und sich selbst schützen wollen. Es ist zu gefährlich.«

»Aber wie sollen wir jemals herausfinden, wo der stählerne Adler verborgen liegt?«

»Ihr werdet es erfahren, wenn ihr so weit seid. Davon bin ich überzeugt. Die magischen Prüfungen bilden die Grundlage dafür.«

Ich überlege, was wir in den letzten Tagen gelernt haben. Zuerst ging es um den Zusammenhalt, als die Monsterkugel uns jagte. Ben wurde in der Verteidigung ausgebildet, David und Juna konnten einen Titanen steuern und ich ... Langsam schiebe ich meine Hand in die Hosentasche, in der ich den Schlüssel aufbewahre. Ich umklammere ihn. Ich habe gelernt, auf die Schlüssel zu hören.

Trotz allem stehen wir vor einem gigantischen Fragezeichen. »Wird der Kompass uns den Weg weisen?«, frage ich.

»Auch der Kompass zeigt euch nur das, wozu ihr bereit seid. Die Prüfung, bei der es um Zusammenhalt geht, steht nicht umsonst an erster Stelle. Vielleicht braucht es davon noch mehr.«

Ich seufze, weil ich kapiere, worauf Madame Gecka hinauswill. Eine weitere Träne kullert über meine Wange, weil ich jetzt weiß, was ich tun muss.

KAPITEL 14
JUNA

Ich bereite mir eine Schale Müsli zu, als Oma in die Küche stürmt.

»Liebes, ich muss noch mal in den Stall. Macht es dir etwas aus, den Garten zu bewässern?«

»Kein Problem, Oma. Mache ich gleich.«

Sie umarmt mich und tätschelt mir den Rücken. »Vielen Dank. Du bist mir eine große Hilfe.« Sie stolpert aus der Küche, zieht die Haustür hinter sich zu und verschwindet im Stall.

Die Sonne ist schon untergegangen und es wird immer dunkler. Das Müsli kann warten. Ich möchte den Garten bewässern, solange ich noch etwas sehe. Also schlüpfe ich nochmals in meine Chucks, schnappe mir draußen den Gartenschlauch und lege los.

Oma ist echt stolz auf ihren Garten. Und ehrlich gesagt schmeckt alles daraus doppelt so gut, wie wenn wir es im Supermarkt kaufen. Unglaublich, wie Oma es schafft, sich neben den Pferden auch noch um den Garten zu kümmern!

Ich lasse es über den Gurken und Kohlrabis regnen und bemerke, wie sich der kleine Grashügel hinter dem Gartenbeet bewegt. Bilde ich mir das nur ein? In der Dämmerung ist es schwierig, zu erkennen, ob die Augen mir einen Streich spielen.

Ich rücke die Brille gerade und kneife die Augen zusammen. Tatsächlich, da bewegt sich etwas. Vielleicht eine Katze, die sich auf unseren Hof verirrt hat? Ich stoppe das Wasser, lege den Schlauch auf den Boden und tapse neugierig durch das Beet.

Der Grashügel reißt zwei leuchtend rote Augen auf und erhebt sich langsam vom Boden. Erschrocken bleibe ich stehen, will wegrennen, doch es geht nicht. Erst jetzt realisiere ich, mit was ich es zu tun habe.

Das ist der Graswolf, von dem David gesprochen hat. Das Biest, das ihn auf dem Tennisplatz angegriffen hat. Und jetzt steht es hier, direkt hinter Omas Garten und starrt mich knurrend und zähnefletschend an.

Voller Panik schreie ich, so laut ich kann. Ein Schrei, der die Bestie verjagen und gleichzeitig Hilfe alarmieren soll.

Der Wolf lässt sich davon nicht beeindrucken und macht einen Schritt auf mich zu. Er lauert und könnte jeden Moment springen, genauso wie er es bei David getan hat.

Ein grelles Licht durchleuchtet die Dämmerung. Ich schließe meine Augen, weil es so hell ist, und spüre neben mir eine unglaubliche Wärme. Als ich die Augen wieder öffne, sehe ich einen Feuerwirbel, der den Wolf trifft.

Statt zu verschwinden, wird die Bestie noch aggressiver, bellt und macht einen Sprung. Ein zweiter Feuerwirbel, der dicht an mir vorbeizischt, schleudert den Wolf ein paar Meter von mir weg.

Kaum wieder auf den Beinen blicken mich die leuchtend roten Augen nochmals an. Der Graswolf zeigt erneut seine Zähne, flieht dann aber übers Feld und verschwindet in Richtung Wald.

Mein Herz pocht so schnell, wie es noch nie gepocht hat. Ich drehe mich um und sehe durch die verschmierte Brille die Gestalt, die mir in den letzten Tagen schon mehrmals am Waldrand aufgefallen ist.

Ich bin sicher, dass der Feuersturm durch die Fackel gekommen ist, die sie in den Händen hält. Die Kreatur gleicht einem Vergessenen. Eine dunkle Kapuze verhüllt ihr Gesicht. Doch ich verspüre keine Angst, schließlich hat sie mich gerettet.

Ich nicke der Gestalt dankend zu. Sie hält ihren Finger an die Stelle, an der sich normalerweise die Lippen befinden, und signalisiert mir so, dass ich still sein soll. Dann schlägt sie die Fackel auf den Boden und verschwindet in einer Stichflamme. Eine Sekunde später ist es wieder dunkel und alles ist so, wie vorher.

BEN

Ich habe es verkackt. Ich habe es so was von verkackt. Wie konnte ich nur so dämlich sein und Nika folgen? Vor allem so offensichtlich? Ich hätte ahnen müssen, dass sie deshalb wütend wird.

Schlimmer als die Wut war es, die Enttäuschung in ihrem Gesicht zu sehen. Nicht einmal der Anschiss meiner Mutter, als ich mit klitschnassen Klamotten nach Hause gekommen bin, war so schlimm. Ich bin ein Vollidiot.

Ich liege in meinem Bett und habe keine Ahnung, wie ich das wiedergutmachen kann. Sie wird meine Entschuldigung nicht annehmen, weil sie mir klar gesagt hat, was sie davon hält. Sie wollte sich meine Erklärung nicht einmal anhören. Ich habe nicht das Gefühl, dass sich das in den nächsten Tagen ändern wird.

Mein Körper kribbelt und ich möchte am liebsten mit den Fingern schnippen und das Ganze ungeschehen machen. Aber es ist passiert. Ich habe einen gewaltigen Fehler begangen.

Wie wird das, wenn wir uns in den nächsten Tagen begegnen? Was werden die anderen sagen? Wird Nika überhaupt noch zum Schrottplatz kommen? Habe ich unsere Mission an die Wand gefahren?

Verdammt! Schon zum gefühlt zwanzigsten Mal greife ich nach dem Handy und überlege, was ich ihr schreiben soll. Das miese Gefühl lässt die richtigen Worte nicht in meinen Kopf.

Dabei wollte ich nur wissen, was los ist. Falls sie Hilfe benötigt, wollte ich ihr helfen. Ich wollte ... für sie da sein. Ich habe alles falsch gemacht.

Tränen schießen mir in die Augen und ich beiße meine Zähne zusammen. Es muss doch irgendeine Möglichkeit geben, diesen Fehler zu korrigieren!

Das Handy vibriert in meiner Hand. Ich blicke kurz aufs Display und kriege meine Augen nicht mehr davon weg. Eine Nachricht von Nika.

Ich schlucke. Der Daumen zittert über dem Display, weil ich Angst habe, es anzutippen. Schreibt sie mir, dass sie mich nie wiedersehen will? Wirft sie mir noch mehr an den Kopf? Ehrlich gesagt, bin ich unsicher, ob ich die Nachricht lesen möchte.

Ich atme durch die Nase ein und durch den Mund langsam wieder aus. Bevor mich der Mut verlässt, tippe ich auf die Nachricht.

»Morgen Abend. Gleiche Zeit, gleicher Ort. Zieh eine Badehose an. Ich warte auf dich.« Ich lese die Nachricht mehrmals laut, damit sich jedes Wort in meinem Gehirn verankert.

Es ist keine Entschuldigung und kein »Verziehen«. Sie möchte mich sehen. Morgen. Ist das jetzt gut oder schlecht?

KAPITEL 15
DAVID

Als wir am Morgen zum Schrottplatz kommen, erwartet uns eine Überraschung. Madame Gecka empfängt uns, gemeinsam mit den beiden Schlüsselmachern. Sie hat den Totenkopfkelch mitgebracht, den wir im blubbernden Moor gefunden haben.

»Ich habe herausgefunden, wie man den Kelch anwendet«, berichtet Madame Gecka und übergibt ihn uns.

Wir betrachten ihn ehrfürchtig, da wir ihn jetzt schon eine Weile nicht mehr gesehen haben. Eigentlich haben wir bei der Suche gedacht, dass wir den stählernen Adler im blubbernden Moor finden. Stattdessen kam der Kelch zum Vorschein. Kit erklärt, dass er kein Werk von ihnen ist.

»Es gibt da draußen viele andere Gegenstände und Waffen aus der vergessenen Welt«, verrät Key. »Es gibt andere Menschen, die genauso sind wie wir. Schlüsselmacher, Erfinder oder Leute, die die Auserwählten unterstützen.«

»Der Kelch entstand vor unserer Zeit«, sagt Madame Gecka. »Seine Fähigkeit ist unglaublich. Mit den richtigen Zutaten und der korrekten Zubereitung kann man mit dem Kelch ein

Elixier brauen, das euch an Orte bringt, an die ihr normalerweise nicht gelangen würdet.«

»Was bedeutet das?«, fragt Ben.

»Das heißt, dass euch das Elixier hoch in die Lüfte bringen kann. Dass ihr durch Feuer gehen könnt, oder ...«

»... tief hinab ins Wasser«, schießt es aus Nika heraus.

»Ganz genau.« Madame Geckas Augen werden groß. »Doch ihr müsst vorsichtig sein. Die Wirkung hält nur für eine bestimmte Zeit. Und was der Kelch mit euch anrichtet, wenn ihr ihn zu oft benutzt, weiß ich nicht.«

»Na ja ...« Ich schaue die anderen unsicher an. »Der Totenkopf ist bestimmt nicht umsonst als Form gewählt worden. Dann benutzen wir ihn lieber nur in Notfällen.«

»Die Zutaten sind schwierig zu finden. Und die Zubereitung ist kein Kinderspiel. Wenn man einen Fehler macht, kann Schlimmes passieren.«

»Zum Glück kennt sich Madame Gecka damit aus«, versucht Kit uns zu beruhigen.

Madame Gecka verabschiedet sich wieder, doch sie lässt den Kelch bei uns auf dem Schrottplatz. Immerhin ist dieses Geheimversteck im Moment der sicherste Ort, den wir haben.

Nun beschäftigen wir uns erneut mit den Prüfungen. Die Stimmung ist merkwürdiger als sonst. Ben und Nika sprechen kaum miteinander und alle wirken angespannt. Vielleicht liegt es daran, dass wir nicht wissen, wie es weitergehen wird und auf was wir uns genau vorbereiten. Das entscheidende Puzzleteil fehlt noch.

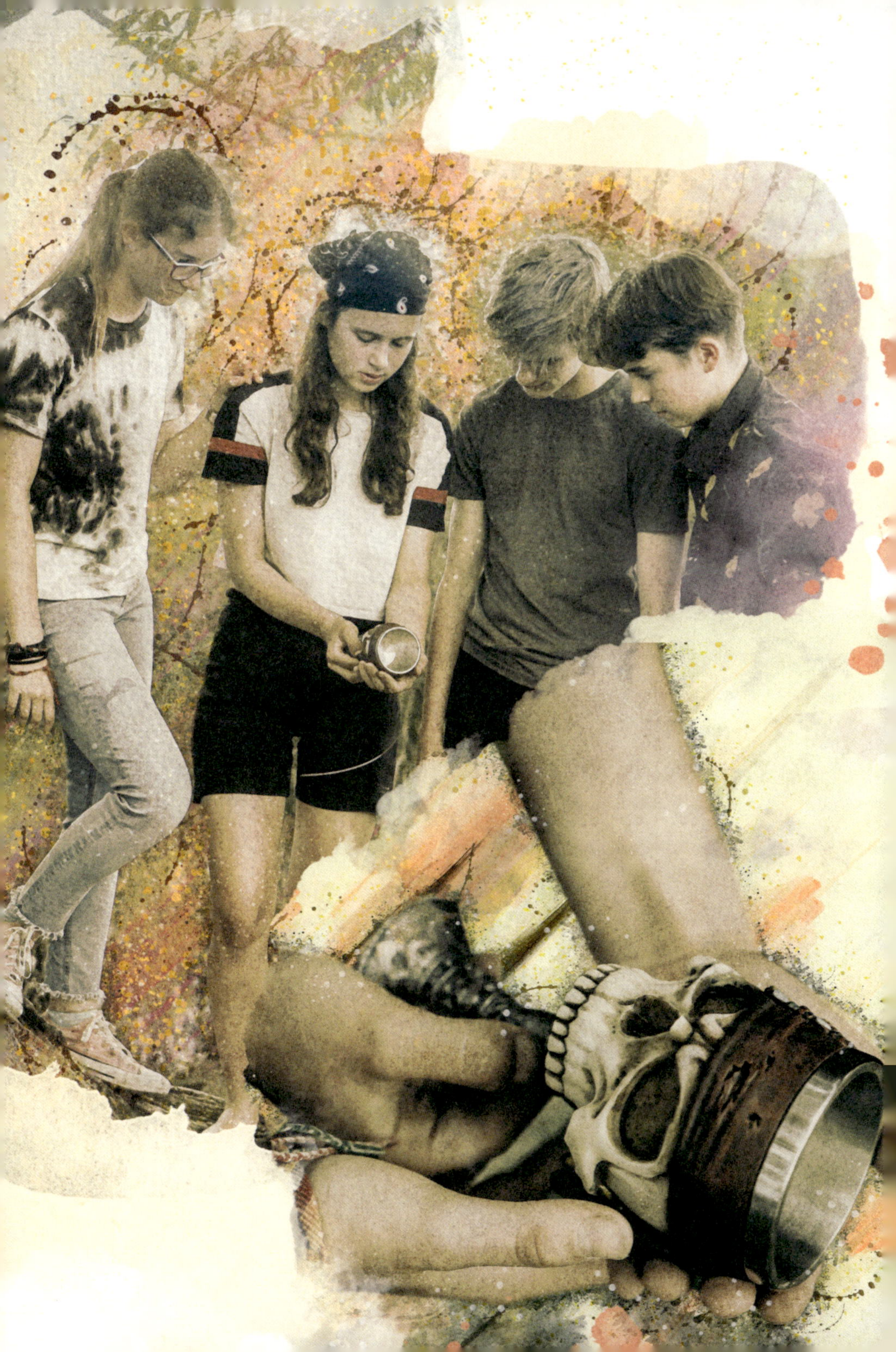

JUNA

»Wende den Kopf nach rechts«, gebe ich David den Befehl für den Drachen. »Nein! Das andere rechts!«

David schnaubt. »Wie wäre es, wenn du mir genauere Angaben gibst?«

Ich strecke meine Arme abwechselnd nach vorne und ziehe sie wieder zurück, damit der Drache vorwärtsläuft. So langsam habe ich mich an die Steuerung mit der Maske gewöhnt.

Wenn der Titan seinen eigenen Kopf hat, bringt die ganze Steuerung nichts mehr. Dann müssen wir uns wieder neu in ihn hineinversetzen. Wie wird das erst in einer brenzligen Situation werden?

Ich ziehe die Maske aus, reibe kurz die Augen und setze die Brille wieder auf. Obwohl ich sehr selten Videospiele zocke, weiß ich, wie es sich anfühlt, wenn man stundenlang seine Zeit in solchen Spielen verbringt. Das ist echt anstrengend.

David zieht seine Maske auch aus und tupft mit einem Hemdzipfel sein verschwitztes Gesicht ab. »Wir müssen echt besser miteinander kommunizieren.«

»Du musst vor allem auf mich hören«, widerspreche ich. »Das war das Problem.«

David wirft die Arme hoch. »Wenn du falsche Richtungsangaben machst, liegt es nicht an meinem Gehör.«

»Soll ich mir Popcorn holen oder können wir weitermachen«, unterbricht Key und grinst. »Die Prüfung der Titanen ist nicht einfach. Schlussendlich geht es aber um Übung, ihr werdet immer besser.«

»Hoffen wir mal«, brummt David.

Wir verlassen die Kommandozentrale und treffen wieder auf die anderen Moosburger, die gerade mit ihren Prüfungen fertig sind.

»So, ich denke, ihr habt in den letzten Tagen einiges gelernt«, sagt Kit zufrieden. »Dinge, die wir euch weitergeben, um in der vergessenen Welt klarzukommen und sie zu verstehen. Jetzt müsst ihr in allem besser werden und ich bin sicher, dass euch irgendwann eine Spur zum stählernen Adler führt.«

»Hoffentlich nicht irgendwann, sondern bald«, meint Key. »Ich weiß nicht, wie lange es noch so ruhig sein wird. Die Schattenwesen vermehren sich. Als ich gestern die Drohnen fliegen ließ, waren es fast doppelt so viele Kreaturen wie am Tag vorher.«

Ich erinnere mich an gestern Abend und kriege dabei Gänsehaut. Dass mich ein Graswolf angegriffen hat, habe ich heute erzählt. Doch ich habe gesagt, dass ich gerade noch rechtzeitig ins Haus rennen konnte. Das war eine Lüge.

Aber das Wesen, das mich gerettet hat, hat mir bedeutet, dass ich still sein soll. Da muss mehr dahinterstecken. Vielleicht kommt es wieder und weiß, wo der stählerne Adler versteckt ist. Einen Hinweis könnten wir echt gut gebrauchen.

Ich habe keine Ahnung, weshalb ich den Schlüsselmachern und meinen Freunden nicht alles erzählt habe. Aber ich habe da so ein Gefühl im Bauch, dass es so gut ist.

»Wir koppeln den Titanen von unserem Geheimversteck ab«, verkündet Key. »Ab sofort führt der Weg zum Schrottplatz nicht mehr über den Schlund des Drachen.«

»Hä? Und wie sollen wir dann wieder hierherkommen?«, fragt Ben irritiert.

»Wir errichten ein Portal auf der Moosburg. Der Kompass wird es euch zeigen«, versichert Key. »Außerdem besitzt Nika einen Schlüssel, der ein weiteres Portal ins Geheimversteck öffnen kann.«

»Seid vorsichtig«, warnt Kit. »Wenn eure Ausrüstung in falsche Hände gerät, kann es böse enden. Verratet niemandem, wie die Dinge funktionieren.«

KAPITEL 16
NIKA

Ben erscheint pünktlich. Ich sitze auf einem umgekippten Baumstamm und warte, bis er sein Fahrrad am Seeufer geparkt hat. Perfekt, er hat Badeshorts angezogen, so wie ich es ihm gesagt habe. Dazu trägt er wie immer seinen Hoodie.

Die Sonne ist hinter dem Hügel untergegangen und wirft ihr goldenes Licht auf den See. Der traumhafte Anblick könnte aus einer Postkarte stammen.

Ich hatte Angst, dass Ben nicht kommt. Heute hat so eine angespannte Stimmung zwischen uns geherrscht. Verständlich nach dem, was gestern passiert ist. Eigentlich wollte ich ihn mehrmals darauf ansprechen, aber es gab keinen günstigen Moment. Oder vielleicht hatte ich Angst, weil ich nicht weiß, wie er reagiert hätte.

»Hi«, begrüßt er mich unsicher und lässt seine Hände in der Bauchtasche des Hoodies verschwinden. Er bleibt vor mir stehen.

Es gibt so viel, was ich sagen möchte. All die Worte drehen sich gleichzeitig in meinem Kopf und ich weiß nicht, wie ich sie geordnet aussprechen soll. Deshalb kommt nur ein genauso verunsichertes »Hi« heraus.

Ben steht immer noch vor mir. Wieso setzt er sich nicht? Soll ich aufstehen? Weshalb ist alles so merkwürdig? Die Nervosität bringt meinen Körper zum Kribbeln und in meinem Hals bildet sich ein Kloß.

»Wegen gestern ...«, beginnt er und schaut verlegen auf den Boden.

»Es tut mir leid«, schießt es aus mir heraus und ich stehe blitzartig auf.

Das kam wohl zu abrupt, da Ben erschrocken zurückweicht. Er sieht mich an und dabei ziehen sich seine Mundwinkel ein wenig nach oben. »Mir auch.«

»Es ist nicht wegen dir. Also, schon. Aber ...« Wieso ist es so schwierig, die richtigen Worte zu finden? »Es ist weil ... ich möchte, dass du weißt ...« Mein Herz pocht, wie nach einem Sprint im Sportunterricht.

»Hey, alles gut, wirklich.« Er nimmt die Kapuze seines Hoodies vom Kopf. »Ich bin echt froh, dass du nicht mehr sauer bist. Es tut mir leid, dass ich dir gefolgt bin. Aber ich wollte dich nicht ausspionieren.«

Bens Entschuldigung vertreibt das unangenehme Kribbeln. Wow. Wieso trifft er ohne Schwierigkeiten die richtigen Worte? »Ehrlich gesagt, bin ich froh, dass du es getan hast.«

Er zieht überrascht die Augenbrauen hoch. »Echt?«

Ich nicke. »Ich muss dir etwas sagen.«

Ben blickt mich schweigend an.

»Das heißt, ich möchte es dir zeigen.« Ich hole den Totenkopfkelch, den ich hinter dem Baumstamm bereitgestellt habe.

Er grinst. »Den kenne ich schon.«

»Ich weiß. Aber wenn du sehen willst, was ich dir zu sagen habe, dann musst du daraus trinken.«

Er schluckt. »Wenn du immer noch sauer bist, können wir darüber sprechen. Du musst mich nicht vergiften.«

Ich lache auf und verschütte dabei fast ein wenig von dem Trank. »Madame Gecka hat das zusammengebraut. Dort, wo wir hingehen, wirst du es brauchen.«

Er schaut mich skeptisch an. »Hat das vorher jemand getestet? Ich will wirklich nicht vergiftet werden.«

»Vertrau mir.«

Ben schaut mir in die Augen und schnaubt. Er greift nach dem Kelch, nimmt einen Schluck und verzieht sofort das Gesicht. »Iiihhh! Das schmeckt noch schlimmer als Madame Geckas Rosenkohlbällchen-Marshmallows.«

»Du musst alles trinken.«

»Willst du, dass mein Abendessen wieder hochkommt?« Ich lache erneut.

»Bäh!« Er hält sich die Nase zu und schüttet den Rest des Tranks in seinen Mund. »Ist das eklig!«

Ich nehme den Kelch zurück und verstaue ihn in meinem Rucksack. Ben verzieht angewidert das Gesicht und wischt sich den Mund mit dem Ärmel ab.

»Geht's?«

»Ich kotze gleich.«

»Lieber nicht.«

»Und für was war das jetzt?«

»Darf ich es dir zeigen?«, frage ich zögerlich.

»Klar, ich habe diese Brühe nicht umsonst getrunken.«

Ich gehe so weit in den See hinein, bis ich hüfthoch im Wasser stehe. Ich winke Ben auffordernd zu, mir zu folgen.

Er schaut mir irritiert nach. Dann zieht er seine Schuhe, Socken und den Hoodie aus und folgt mir in T-Shirt und Badehose.

»Bereit?«, frage ich, als er neben mir stehen bleibt.

Er nickt.

»Dann folge mir.« Ich stoße mich mit den Beinen vom Grund ab und tauche nach vorne in den See hinab.

Ich bleibe unter der Oberfläche und schwimme zuerst von Ben weg. Der Moment ist gekommen, jetzt werde ich ihm alles zeigen. Mein Puls schlägt bis zum Hals. Nun gibt es kein Zurück mehr.

Ich wende und schaue nach Ben. Er schwimmt an der Oberfläche und sieht mich nicht mehr. Ich nutze den Augenblick, greife nach seiner Hand und ziehe ihn mit, in die Tiefe hinab.

JUNA

Nach dem Ausritt mit Flocke bin ich fix und fertig. Der Stall ist gemacht und gleich werde ich eine Kleinigkeit zu essen vorbereiten und dann meinen Lieblings-Pferde-Vlog auf YouTube schauen.

Wenn ich tagsüber mit meinen Freunden bei den Prüfungen auf dem Schrottplatz bin und außerdem Oma mit den Pferden helfen muss, ist das echt anstrengend. Zum Glück sind Ferien und nicht auch noch Schule.

Als ich ins Haus gehen will, zieht ein sanfter Wind auf und sorgt für eine Gänsehaut auf meinem Nacken. Ich blicke über die Schulter und erstarre.

Am Waldrand entdecke ich erneut die Gestalt mit der Fackel in der Hand. Doch diesmal ist es anders. Ich habe keine Angst. Schließlich hat sie mich gestern Abend vor dem Graswolf beschützt. Wenn sie mir etwas antun wollte, hätte sie das schon längst getan.

In mir flammt Neugierde auf. Ich möchte wissen, mit wem ich es zu tun habe. Entschlossen marschiere ich auf die Gestalt zu und bleibe zur Sicherheit ein paar Meter vor ihr stehen.

»Wer bist du?«, frage ich vorsichtig und versuche, ein Gesicht unter der Kapuze zu erkennen.

»Ich bin ein Freund«, antwortet eine tiefe, flüsternde Stimme. Die Gestalt spricht nicht, ich höre sie nur in meinen Gedanken. Wie ist so etwas möglich? »Über die Jahre hat man mich nach dem benannt, was man von mir sieht: Fackelgeist.«

Ich bewege mich keinen Millimeter. »Und was willst du von mir?«

»Ich will«, höre ich mit einem rasselnden Atem in meinen Gedanken, »dass du siehst, was ich in Wirklichkeit bin.«

»Und wer bist du in Wirklichkeit?«

»Die Wahrheit.«

Ich schaue die Gestalt skeptisch an. »Wie meinst du das?« Durch den rasselnden Atem stellt sich jedes Härchen meines Armes einzeln auf.

»Ich zeige dir das, was deine Freunde in Wirklichkeit sind.« Er streckt mir den Arm mit der Fackel entgegen. »Nimm die Fackel, wenn du die Wahrheit sehen willst.«

Das Angebot macht mich neugierig. Was ist das für eine Wahrheit, die mir der Fackelgeist zeigen will? Ob ich ihm vertrauen kann? Bisher haben uns die Schattenwesen angegriffen, aber er hat mich beschützt und vielleicht weiß er mehr über den stählernen Adler.

Ich atme durch die Nase ein und durch den Mund wieder aus. Dann gehe ich einige Schritte auf den Geist zu und greife nach der Fackel, aus der sofort eine Flamme in die Höhe sticht.

Die Flamme kippt, saust auf den Boden und kreist uns ein. Es wird so hell, dass ich die Augen zukneifen muss. Eine Sekunde später ist alles dunkel und still.

KAPITEL 17
BEN

Meine Augen sind geschlossen. Nika zieht mich in einem rasanten Tempo am Arm in die Tiefe des Sees hinab. Wieso kann sie so schnell schwimmen? Um mich herum wird es immer kälter. Ich öffne kurz die Augen und sehe fast nichts mehr.

Verdammt! Was soll das? Ich will meinen Arm wegziehen, doch Nikas Griff ist zu fest. Mir geht die Luft aus. So weit zurückschwimmen, das schaffe ich niemals.

Panik breitet sich in mir aus. Was zur Hölle geht hier vor? Ich strample dagegen an, doch es bringt nichts.

Mein Brustkorb brennt. Nika wirbelt mich herum und lässt mich los. Ich kann nicht mehr. Es ist finster. Panisch strample ich nach oben, doch ich komme nicht weit.

Mir wird schwummrig und ich habe keine Kraft mehr. Ich lasse mich treiben und habe das Gefühl, dass ich in dieser Schwerelosigkeit sterbe.

Da leuchtet etwas Blaues auf. Je näher es auf mich zukommt, desto heller wird es. Da leuchtet noch etwas und da noch etwas. Plötzlich bin ich von schimmernden Punkten umgeben. Von großen und kleinen. Als sie nah genug sind, sehe ich, dass es leuchtende Quallen sind, die elegant im Wasser tanzen.

Moment mal, Quallen? Hier? In unserem See? Träume ich?

Im blauen Schein schwimmt Nika auf mich zu. Sie schwimmt nicht normal. Nein, ihre Hüfte bewegt sich auf und ab. Es sieht aus wie bei einem Delfin. Jetzt entdecke ich, dass Nika gar keine Beine mehr hat. Aus ihrer Hüfte ragt ein Fischschwanz.

Sie schwebt direkt vor mir. Ihre Augen leuchten so blau, wie die Quallen um mich herum. Jetzt wird mir klar, was sie mir sagen will. Welches Geheimnis sie mit sich herumträgt. Nika ist ein Wasserwesen.

Sie lächelt mich an, als ob ich diese Erkenntnis soeben laut ausgesprochen hätte. In diesem Augenblick realisiere ich, dass ich atmen kann. Mein Brustkorb brennt nicht mehr und ich werde plötzlich ganz ruhig.

Nika streckt ihre Hand aus und fährt über meinen Hals. Das fühlt sich merkwürdig an, sodass ich selbst dorthin fasse. Ich zucke innerlich zusammen. Meine Haut ist eingeschnitten. Drei Schnitte auf jeder Seite des Halses. Das sind Kiemen, wie bei einem Fisch!

Nika lächelt und macht eine Handbewegung, als würde sie etwas trinken. Na klar! Die Brühe aus dem Kelch hat dafür gesorgt, dass mir diese Dinger wachsen und ich unter Wasser atmen kann.

Mir schießen so viele Fragen durch den Kopf. Wieso hat Nika uns nicht erzählt, dass sie ein Wasserwesen ist? Wie fühlt es sich an, im Wasser zu leben? Verschwinden diese Kiemen an meinem Hals wieder? Madame Gecka sagte doch, dass die Wirkung nur von kurzer Dauer sei.

Nika bemerkt meine Unsicherheit und spürt bestimmt auch meine Angst. Sie nickt mir aufmunternd zu und führt mich weiter durch den See, deutlich langsamer als vorhin. Je weiter wir die Unterwasserwelt erkunden, desto sicherer fühle ich mich. Das liegt vor allem an Nika, weil ich ihr vertraue.

Die Quallen lassen die Umgebung in einem magischen Blau erstrahlen. Wir tauchen hinab zum Grund. Unglaublich, was man hier alles findet. Spuren von Behausungen, die eingestürzt sind. Wo kommen die her? Das Wrack eines Flugzeugs, das mit Algen und Muscheln bedeckt ist.

Ob Nika hier wohnt? Wo sind die anderen Wasserwesen? Gibt es überhaupt welche? Das alles ist im Moment zu viel für mein Gehirn. Ich sehe einfach nur zu, was Nika mir zeigt, und bin absolut geflasht, wie so was möglich ist.

Schon in meiner Kindheit gehörte dieser See zum Sommer, wie Ketchup zu Pommes. Wenn ich daran denke, dass dies schon immer die Heimat von Wasserwesen war, wird mir anders.

Ich kapiere immer mehr, wie sich die vergessene Welt vor der Welt der Menschen versteckt. Wie das Zuhause dieser Kreaturen eingeschränkt ist und wir Menschen uns immer weiter ausbreiten.

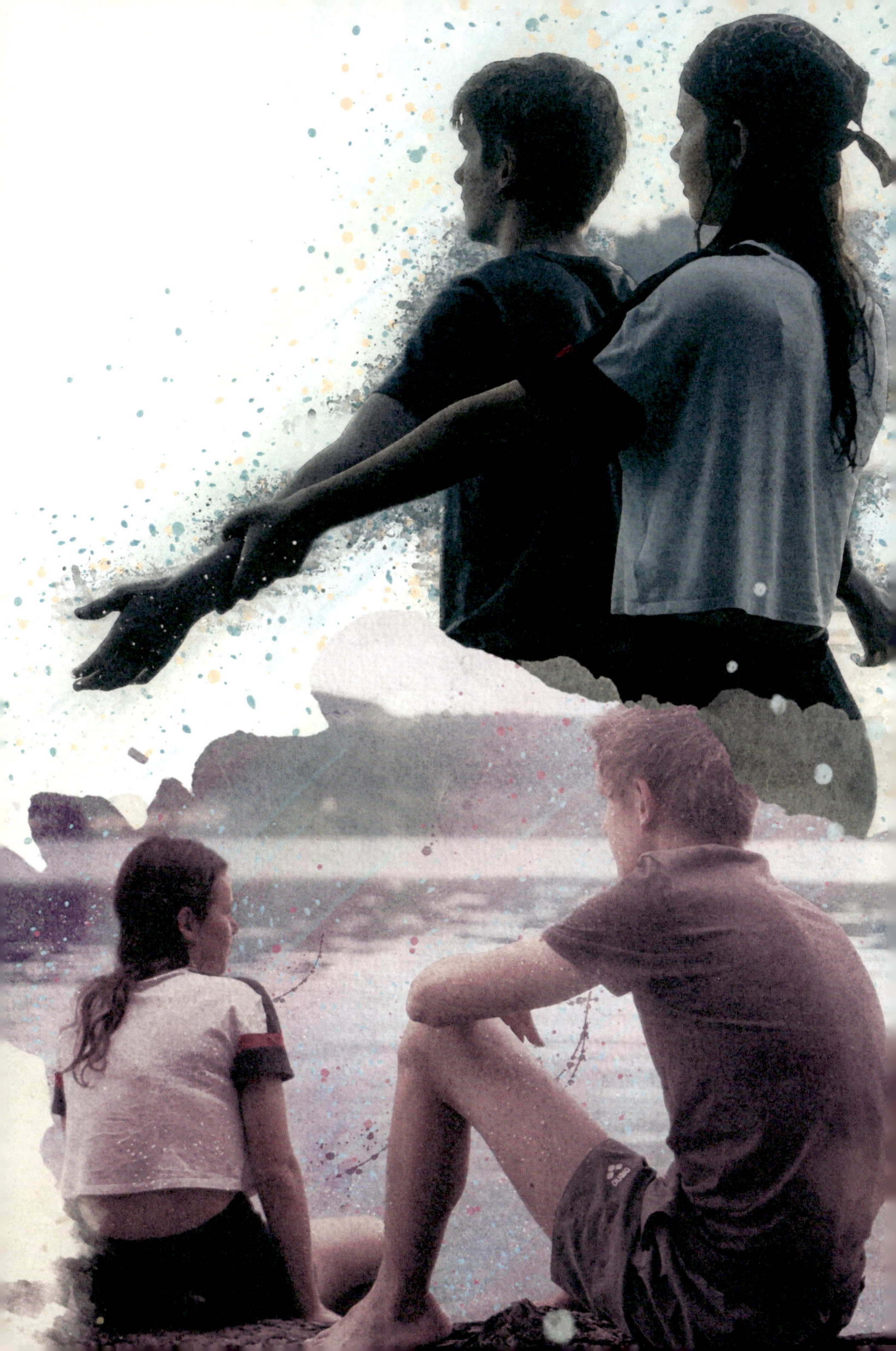

Nach einer Weile taucht Nika mit mir langsam wieder auf. Ohne etwas zu sagen, trockne ich mich an Land ab. Die Kiemen an meinem Hals sind weg.

Nika sitzt wieder auf dem Baumstamm. Der Fischschwanz ist verschwunden, als ob er nie dagewesen wäre. Ich setze mich zu ihr und blicke ebenfalls auf den See hinaus. Ein feiner Wind wirbelt einen süßlichen Duft zu mir herüber.

»Bist du jetzt schockiert?«, fragt sie.

»Vielleicht.« Ich schlucke. Es ist schwierig, die richtigen Worte für das zu finden, was ich gesehen habe. »Es war wunderschön.«

Sie dreht sich nicht zu mir um, aber ich spüre ihr Lächeln. »Denkst du jetzt, dass ich ein Freak oder so bin?«

»Nein. Aber ich glaube, es hat verdammt viel Mut gebraucht, mir das zu zeigen.«

Sie nickt und blickt weiter auf das Wasser hinaus.

Es sind so viele Fragen in meinem Kopf. Hier an der Oberfläche könnte ich sie ihr stellen. Kurz überlege ich, ob ich alles fragen soll, was mir in den Sinn kommt, behalte es aber für mich. Ich möchte sie mit meiner Neugierde nicht verletzen. Nicht, nachdem sie so viel von sich preisgegeben hat.

Ich bin einfach nur fasziniert und genieße den Moment. Hier. Mit ihr. Einem Mädchen, das ich soeben noch mal neu kennengelernt habe.

Eine Frage drängt sich in den Vordergrund und ich wage, sie zu stellen. »Wieso hast du das *mir* gezeigt?«

Stille. Mein Herz pocht wild. Ich kann die Antwort kaum abwarten, versuche, ruhig zu bleiben.

»Weil du anders bist«, haucht sie nach einer gefühlten Ewigkeit.

»Wie meinst du das?«

Sie dreht sich zu mir um. »Ich würde gerne etwas mit dir ausprobieren.«

Ich nicke. Die Angst bleibt weg. Ich vertraue ihr.

Sie klettert vom Baumstamm hinab und steigt knöcheltief in den See. »Stell dich vor mich hin und schau auf das Wasser hinaus.«

Ich tue, was sie sagt. Dann spüre ich ihre warmen Hände, wie sie meine berühren.

»Schließ die Augen«, flüstert sie, sodass ich ihre Worte im Nacken spüren kann.

Ich schließe die Augen und atme tief durch. Nika führt meine Arme langsam nach oben, bis ich sie waagerecht, parallel zum Wasser ausgestreckt habe.

Jetzt stehe ich da wie sie. Wir, gemeinsam. Meine Hände in ihren. Mein Kopf ist heiß und vor meinen Augen ploppen Bilder auf. Ich sehe die Wasserwelt, die sich mir wie ein Film vor Augen zeigt. Und obwohl ich nur Spuren dieser Welt gesehen habe, offenbart sich mir jetzt noch mehr.

Männliche und weibliche Wasserwesen. Die Behausungen sind nicht zerstört, sondern intakt. Es wirkt wie ein Teil von einem Dorf, nur dass es unter Wasser liegt.

Ich sehe Nika, wie sie lacht und sich mit anderen Wasserwesen unterhält. Ob das ihre Eltern sind? Die Bilder prasseln auf mich ein und überfordern mich.

Plötzlich wird alles dunkel. Es ist Nacht, ich befinde mich im Wasser, aber nicht mehr im See. Jetzt weiß ich es. Es ist der Weiher, in der Nacht des Gewitters.

Ich sehe das Wesen, das mir unter Wasser begegnet ist. Das war auch ein Wasserwesen. Vielleicht ist es mit Nika befreundet oder verwandt. Die Szene hüllt sich erneut in Dunkelheit.

Jetzt tauchen die Schattenwesen vor meinen Augen auf. Vergessene, Graswölfe und Kreaturen, die ich zum ersten Mal sehe. Sie jagen die Wesen, die aus dem See fliehen. Sie haben ihre Heimat zerstört. Alles ist verlassen. Doch da gibt es noch etwas. Tief unten im See. Es sieht aus wie ein Piratenschiff. Ein Wrack. Der stählerne Adler? Wieder wird es dunkel.

Ein Swimmingpool, in einem Stadtviertel. Dort schwimmt ein Mädchen. Nicht irgendein Mädchen. Sie hat eine Fischflosse. Da kommt jemand aus dem Haus, zu dem der Pool gehört. Das Mädchen taucht unter und verschwindet. Man erkennt sie nicht mehr. Dafür erkenne ich die Häuser. Ich weiß, wo das ist.

Ich reiße die Augen auf, bin wieder am See und kann kaum atmen. Erschöpft sacken meine Beine zusammen, doch ich werde von Nika aufgefangen.

»Alles in Ordnung?«, fragt sie verunsichert und hält mich fest. »Ben?«

Ächzend erobere ich mir einen festen Stand zurück. »Ich habe sie gesehen.«

Nika stützt mich und bringt mich zum Baumstamm zurück. »Was hast du gesehen?«

Ich ringe nach Luft und versuche, mich zu beruhigen. »Ich glaube, ich weiß, wie wir den stählernen Adler finden.«

JUNA

Das Feuer ist erloschen. Nur auf der Fackel brennt ein feines, orange-rotes Licht. Plötzlich ist es kühl.

»Wo sind wir?«, frage ich mit zitternder Stimme.

Der Fackelgeist schiebt mit der Hand ein Gestrüpp beiseite. »Hier kommt die Wahrheit.« Er streckt einen Finger aus, der eher wie eine lange Kralle aussieht, und zeigt auf eine Stelle.

Jetzt erkenne ich, wo wir sind. Im Wald. Von hier oben hat man eine schöne Aussicht auf den See. Und genau da zeigt der Fackelgeist hin.

Meine Augen müssen sich zuerst an die Dämmerung gewöhnen. Langsam zeichnen sich Umrisse zweier Personen am Seeufer ab. Als ich genauer hinschaue, erkenne ich Nika und Ben. Sie sitzen auf einem Baumstamm direkt am Ufer. Was machen sie da?

»Das ist die Wahrheit«, flüstert der Fackelgeist. »Sieh dir die Wahrheit an.«

»Wie meinst du das?«, frage ich leise.

»Sie verheimlichen etwas vor dir. Sie schließen dich aus, so wie du schon immer ausgeschlossen wurdest.«

Mein Magen zieht sich zusammen. Es fühlt sich an, als würde ich auf einem Free-Fall-Tower nach unten schießen. »Nein, das sind meine Freunde.«

»Sieh genauer hin, dann erkennst du die Wahrheit.«

Ich rücke meine Brille gerade. Die beiden wirken sehr vertraut. Nika hat die Hand auf Bens Schulter gelegt. Sie scheinen etwas zu besprechen.

»Sie belügen dich. Hüten ein Geheimnis«, flüstert der Geist. »Ben, er empfindet nichts für dich. Sie brauchen dich gar nicht.«

Jeder Satz der Gestalt ist für mich wie ein Schlag ins Gesicht. Nein, das kann nicht sein. Wir haben in den letzten Wochen so viel gemeinsam erlebt, wie ich in den Jahren zuvor nicht erlebt habe. Es ist nicht mehr wie früher, als ich keine Freunde hatte und nur ausgenutzt wurde. »Du lügst! Das stimmt nicht.«

»Hat Ben dir je das Gefühl gegeben, dass er dich braucht?«

Tränen schießen mir in die Augen. Ich schlucke. Er hat mich an jenem Abend vor den Vergessenen gerettet. Er war der einzige Junge, der in der Schule nicht über mich gelacht hat. In den letzten Wochen ist er ein Freund geworden. Und ja, vielleicht wünsche ich mir, dass da mehr ist.

»Hast du dich je gefragt, was Ben sich wünscht? Was seine Hoffnungen und Träume sind? Darin ist kein Platz für dich, Juna. Das sind keine echten Freunde. Sie spielen dir nur etwas vor.«

»Nein! Nein! Nein!« Ich kann die Tränen nicht zurückhalten. Das ist nicht wahr. Das darf nicht wahr sein. Doch jedes Wort könnte der Wahrheit entsprechen.

Habe ich mir alles nur eingebildet? Brauchen sie mich nur für die Mission? Sind wir gar keine echten Freunde?

Mein Körper zittert. In meinem Bauch braut sich Wut zusammen. Wut auf Nika, die mit Ben am Ufer sitzt. Wut auf Ben, weil er mir nur etwas vorspielt. Eine Wut auf mich, weil ich wieder so naiv war. Und Wut auf alles, weil sogar meine Eltern fake sind, denen ich total egal bin.

»Ich kann dir helfen, dass alles anders wird«, bietet mir der Geist an. »Damit sie verstehen, wer du wirklich bist und dass sie dich brauchen.«

»Und wie?«, schluchze ich.

»Ich habe dich beschützt, habe dir geholfen. Und jetzt kannst du mir helfen. Ich suche dasselbe wie ihr. Gemeinsam können wir wieder Ordnung in die vergessene Welt bringen.«

»Und wie soll das funktionieren?«

»Indem du ihnen etwas vorspielst, genau so, wie sie das bei dir machen. Wenn es so weit ist, werde ich bei dir sein. Dann kannst du mir helfen und du wirst die Heldin sein.«

»Und was bringt es, wenn ich die Heldin bin, wenn ich doch nicht dazugehöre?«

»Wenn du zur Heldin wirst, gehörst du dazu. Dann wird Ben fasziniert von dir sein. Mit meiner Hilfe kannst du die Welt verändern.«

Meine Lippen zittern. Ich schüttle den Kopf. »Nein! Du lügst. Ich will, dass du mich zurückbringst. Ich glaube dir kein Wort. Meine Freunde belügen mich nicht. Wir brauchen uns gegenseitig.«

»Du weißt, dass das eine Lüge ist.«

»Nein! Stopp! Bring mich zurück!« Angst breitet sich in mir aus. Wo bin ich hier reingeraten? Was, wenn mich der Fackelgeist nicht gehen lässt, bis ich tue, was er sagt? Horrorszenarien jagen mir durch den Kopf.

Doch das Licht der Fackel flammt erneut auf und von einem Moment auf den anderen bin ich wieder am Waldrand des Reiterhofs. Das Licht und der Fackelgeist sind verschwunden, alles ist wie vorher. Ich falle auf die Knie und lasse meinen Tränen freien Lauf.

KAPITEL 18
DAVID

Es hat ziemlich lange gedauert, bis ich meine Eltern überzeugt hatte, dass ich am Abend nochmals nach draußen gehen kann. Aber erstens sind Ferien und zweitens bin ich kein Kind mehr. Das haben sie zum Glück akzeptiert.

Die Nachricht von Ben kam überraschend, hat es aber in sich. Auf dem Schrottplatz erzählen uns Ben und Nika, was vorhin geschehen ist. Und wir erfahren, dass Nika ein Wasserwesen ist. Beide reden ganz aufgeregt, doch die Worte gelangen nicht in meinen Kopf.

Nika ist ein Wasserwesen und das schon die ganze Zeit? Wie funktioniert das? Sie geht mit uns auf dieselbe Schule und wir haben nie etwas davon gemerkt? Ich stehe völlig überfordert da und weiß nicht, wie ich darauf reagieren soll.

»Versteht ihr das?« Jetzt hört Ben auf zu reden und schaut mich erwartungsvoll an.

»Äh ... was?«

Ben rollt mit den Augen. »Hörst du mir eigentlich zu?«

Er fasst das Ganze noch mal kurz zusammen und ich gebe mir Mühe, seinen Worten zu folgen. Anscheinend wissen sie jetzt, wie wir zum stählernen Adler kommen.

»Noch mal zum Mitschreiben. Wie soll das funktionieren?«, frage ich, weil es zu viele Informationen auf einmal sind.

»Wir müssen zu dem Stadtviertel, das Ben gesehen hat«, erklärt Nika. »In diesem Pool ist ein Wasserwesen versteckt, weil sie, so wie alle anderen, aus dem See fliehen musste. Ich glaube, die Wasserwesen haben den stählernen Adler vor den Schattenwesen versteckt, doch die Schattenwesen haben nun herausgefunden, dass dieses Versteck im See liegt.«

»Also müssen wir das Schiff vor den Schattenwesen finden«, kombiniere ich.

»Bingo«, sagt Ben und grinst. »Das ist eine Rettungsmission. Wenn wir das Wasserwesen aus dem Pool retten und zurück in den See bringen, kann es uns zeigen, wo das Schiff versteckt ist.«

»Und wieso geht dieses Wesen nicht selbst zurück zum See?«, frage ich.

»Weil der See und die gesamte Umgebung von den Schattenwesen bewacht werden«, meint Kit. »Die Drohnen haben einige auffällige Bewegungen registriert.«

»Und wieso haben die Schattenwesen uns nicht längst angegriffen?«, will Juna wissen. »Sie hatten die Gelegenheit dazu.«

»Weil sie merken, dass wir eine heiße Spur verfolgen«, antwortet Key. »Sie warten ab, was wir tun, um im richtigen

Moment zuzuschlagen. Gleichzeitig suchen sie aber selbst nach dem stählernen Adler. Wenn wir zu lange warten, werden sie ihn zuerst finden.«

David seufzt. »Und wie bringen wir dieses Wasserwesen sicher vom Pool bis zum See?«

»Können wir nicht den Titanen nehmen?«, schlägt Juna vor. »Wir holen das Wesen beim Pool ab und bringen es direkt in den See hinein, damit es uns zum Schiff führen kann.«

Key lächelt ihr anerkennend zu. »Super Idee. Aber wir können mit dem Titanen nicht mitten in ein Wohnviertel marschieren. Das wäre zu auffällig. Wir müssen auf Abstand bleiben.«

Obwohl es gefährlich klingt, habe ich richtig Lust, mit dem Titanen eine Rettungsmission zu starten. »Okay, wir lassen den Drachen in einem Versteck in der Nähe und dann gehen Juna und ich zum Pool und retten diese Meerjungfrau.«

»Wasserwesen«, korrigiert Nika. »Ben und ich bleiben in der Nähe des Sees, damit wir euch Rückendeckung geben und gleich in den See gehen können, wenn es so weit ist.«

»Hier.« Kit verteilt kleine Glasflaschen, die perfekt in die Hosentasche passen. »Das ist ein Elixier von Madame Gecka aus dem Kelch, damit ihr unter Wasser atmen könnt. Es hält nicht lange an, ihr müsst euch beeilen, sobald ihr es getrunken habt.«

»Okay, dann geht es jetzt los!«

Ich bin bereit, diesen Schattenwesen zu zeigen, wer die Moosburger sind.

KAPITEL 19
JUNA

»Bist du sicher, dass wir hier richtig sind? Ich habe noch keinen Pool gesehen.« Es ist ruhig im Wohnviertel. Von Weitem höre ich Gelächter von Leuten, die ein paar Häuser entfernt im Garten sitzen. Ja, die sind alle glücklich und mögen einander. Nicht so wie ich. Ich bin allein, so fühlt es sich zumindest an.

Ben und Nika waren also doch gemeinsam am See. Sie haben uns bei der Mission weitergebracht. Doch das heißt, dass der Fackelgeist die Wahrheit gezeigt hat.

Wusste Ben schon immer, dass Nika ein Wasserwesen ist? Warum hat sie sich nur ihm anvertraut, wenn wir doch alle Freunde sind? Ob sie mir nur etwas vorspielen? War ich in meiner Euphorie, endlich Freunde zu haben, doch zu naiv?

David scheint es nicht geheuer zu sein. »Ben hat gesagt, dass es hier ist. Wieso ist er nicht mitgekommen?«

»Weil er den Titanen nicht steuern kann und er uns Rückendeckung geben muss, sobald wir beim See sind.«

Den Titanen haben wir im Wald, unweit des Wohnviertels geparkt, sofern man das so nennen kann.

»Riechst du das?«, flüstert David. »Das ist Chlor. Der Pool muss hier in der Nähe sein.«

»Hoffentlich sind dort keine Leute mehr. Sonst müssen wir warten, bis sie ins Bett gehen.«

Wir haben Glück. Es sind nicht nur keine Leute mehr beim Pool, auch die Beleuchtung ist ausgeschaltet. Wir kontrollieren, ob es einen Hund oder sonstige Tiere im Garten gibt, die uns verraten könnten. Dann klettern wir leise über den Zaun. Auf der Wiese liegen Spielsachen und Bälle herum. Wahrscheinlich wohnt hier eine Familie. Wir schleichen uns zum Wasser.

»Das ist echt unheimlich.« Ich beobachte die Wasseroberfläche. Den Grund sehe ich nicht, da es zu dunkel ist. Der Pool ist im Boden eingebaut und richtig groß, sodass man gut Strecken schwimmen kann. Von einem Wasserwesen ist nichts zu erkennen. Ob sie sich unsichtbar machen oder irgendwie im Pool verstecken können? Das übersteigt meine Vorstellungskraft.

David wagt sich näher heran. Seine Nasenspitze berührt fast das Wasser. »Ich glaube, da ist niemand.«

Kaum hat er das gesagt, prescht eine Gestalt aus dem dunklen Wasser, packt David und zieht ihn in den Pool hinein. Beide sind sofort unter Wasser.

»Nein!«, schreie ich erschrocken und hoffe, dass mich niemand hört. Ich kann nichts erkennen. Was soll ich tun? Reinspringen? Dann bringe ich mich selbst in Gefahr.

Ich warte ab und schicke ein Stoßgebet in den Himmel. *Tauch auf, bitte, bitte, tauch wieder auf.*

Unter Wasser schimmert es giftgrün. Als ich realisiere, was es ist, leuchtet mein Button durch den Stoff der Hosentasche.

Ein paar Sekunden später taucht David wieder auf und rettet sich hustend an den Rand. Ich ziehe ihn aus dem Wasser und leuchte mit der Handytaschenlampe auf das Wesen, das nun an der Oberfläche bleibt.

Es scheint ein Mädchen zu sein. Die Haut ist bläulich und in den Augen fehlt die Pupille.

»Die sieht wie ein Zombie aus«, flüstert David mir zu und drückt das Wasser aus seinem Hemd.

»Kannst du sprechen?«, frage ich und dimme die Lampe.

Das Wassermädchen faucht und zeigt dabei seine spitzen Zähne.

»Das heißt wohl nein«, bringt es David auf den Punkt. »Siehst du die Zähne? Die hätte mich fressen können.«

»Ich glaube, du bist nicht ihr Typ«, antworte ich und schmunzle. Dann wende ich mich erneut dem Wesen zu. »Wir kommen, um dich zu retten. Wir sind die Moosburger.« Als Beweis zeige ich ihr meinen Button. »Kannst du uns sagen, wo der stählerne Adler ist?«

Das Wassermädchen betrachtet den Button genau, dann nickt es.

»Super!«, freue ich mich. »Okay, wir holen dich da raus und bringen dich zum See.«

»Und wie bringen wir sie zum Drachen?« David schaut mich fragend an.

Ich sehe mich im Garten um. »Vielleicht gibt es hier eine Schubkarre oder so etwas?«

»Eine Schubkarre? Das ist ja überhaupt nicht auffällig«, meint David ironisch.

»Schau, das könnte gehen.« Unter der Pergola entdecke ich einen Leiterwagen aus Stoff, der sogar ein kleines Dach hat. »Hier wohnt bestimmt eine Familie. Die benutzen so was oft.«

»Perfekt«, lobt mich David. »Dann müssen wir sie nur da reinkriegen.«

NIKA

Ben schaut ungeduldig auf sein Smartphone. Unsere Handys dienen uns als Walkie-Talkies. »Wann kommen die denn?« Er zieht die Kapuze seines Hoodies hoch.

»Es wird schon alles gut gehen«, versuche ich ihn zu beruhigen. »Key und Kit sind mit ihren Waffen auch noch da.«

»Ich hoffe, du hast recht. Wenn das schiefgeht, sind wir verloren. Wenn die Schattenwesen den stählernen Adler in die Finger kriegen, können wir die vergessene Welt nicht retten.«

»Wir schaffen das. Das Wohnviertel ist nicht weit vom See entfernt.«

»Denkst du, sie haben das Wasserwesen gefunden?«

»Ich hoffe es. Halten wir uns bereit.«

DAVID

Erschrocken zucke ich zusammen, als die Außenbeleuchtung des Hauses angeht. »Schnell! Wir müssen hier weg.«

Ich ziehe den Leiterwagen über den Rasen, während Juna von hinten schiebt. Wir haben es geschafft, das Wassermädchen in den Wagen zu hieven. Da er zu klein ist, hängt ihre Schwanzflosse an der Außenseite hinunter. In der Dunkelheit sollte das aber hoffentlich nicht so auffallen. Dass das Wassermädchen austrocknen könnte, bereitet mir deutlich mehr Sorgen. Wir haben den Wagen noch mit Wasser gefüllt. Doch der ist nicht wasserdicht und ich frage mich, wie lange das gut geht. Wir verlassen den Garten, ohne entdeckt zu werden.

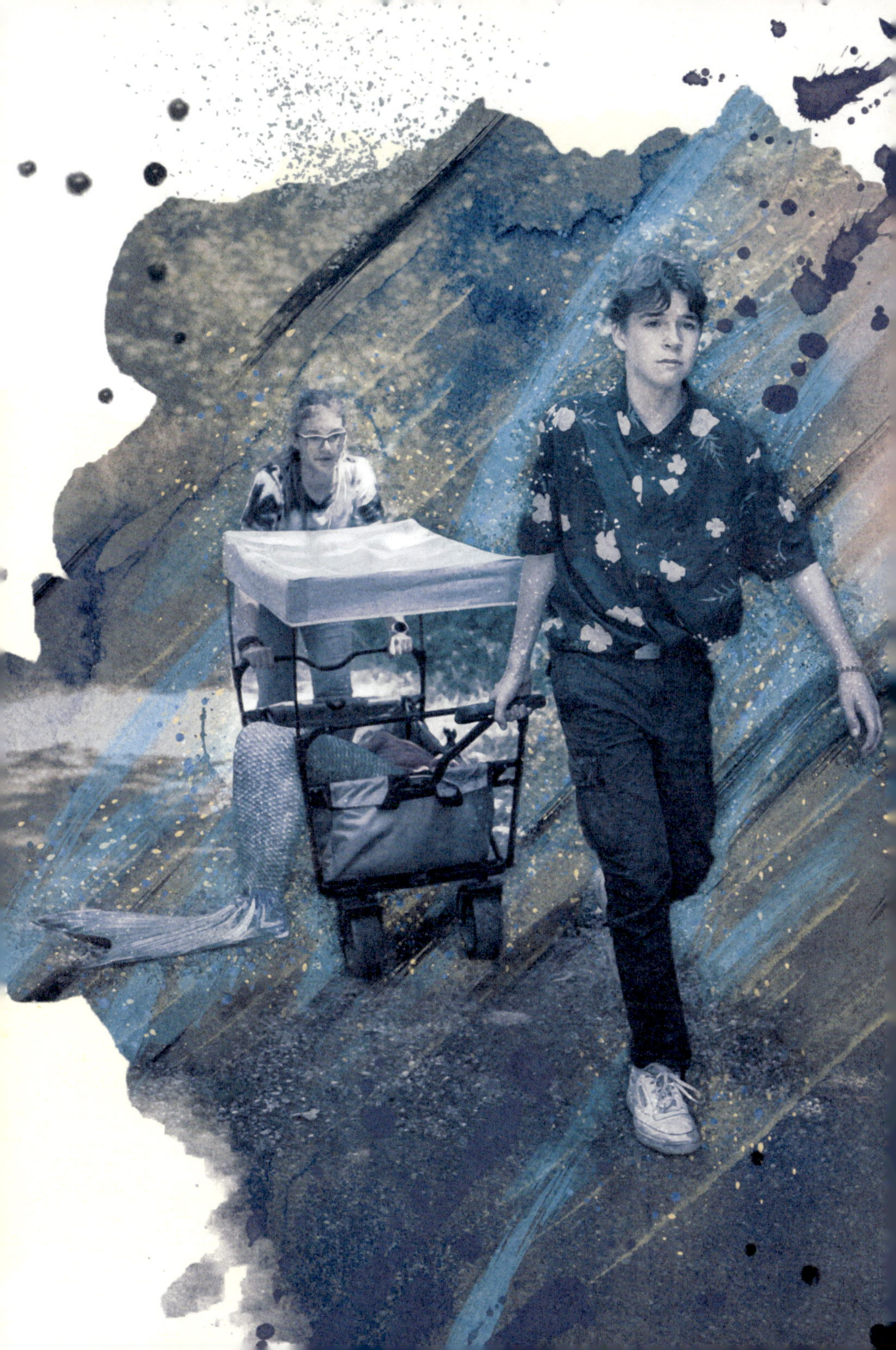

»Lass uns den Kiesweg nehmen«, schlägt Juna vor. »Da fallen wir weniger auf als auf der Hauptstraße.«

Auf dem Kies fährt der Wagen schlechter und ich muss noch mehr ziehen, was echt anstrengend ist. Doch Schritt für Schritt nähern wir uns dem Waldrand, wo der Drache auf uns wartet.

Die Grillen zirpen im hohen Gras und ich habe ständig das Gefühl, beobachtet zu werden. Seit der Begegnung mit dem Wolf habe ich solche Gegenden, so gut es ging, gemieden.

»Shit!« Ich halte abrupt inne.

Juna fällt fast in den Wagen hinein. »Spinnst du? Was ist denn los?«

»Da vorne.« Ich zeige auf die Laterne am Ende des Kieswegs. »Da steht ein Vergessener. Wir müssten nur über die Straße und dann wären wir da.«

Juna nimmt den Rucksack vom Rücken und öffnet den Reißverschluss. »Dann holen wir den Drachen eben zu uns.« Sie fischt die Maske aus dem Hauptfach und zieht sie über. Mit den typischen Handbewegungen beginnt sie, den Drachen zu bewegen.

Hinter den Bäumen erhebt sich langsam das Schrottgerüst und stampft auf die Hauptstraße zu. Der Vergessene rührt sich nicht und starrt uns an.

»Hau ihn weg«, flüstere ich Juna zu.

Jetzt bemerkt der Vergessene den Drachen, der im Licht der Straßenlampe erscheint. Juna macht eine ruckelnde Bewegung und der Kopf des Drachen schmettert den Vergessenen weg.

»Yes!«, juble ich. »Und jetzt schnell, bevor noch mehr von diesen Zombie-Schatten auftauchen.«

Ich bringe den Leiterwagen wieder in Bewegung und renne den Kiesweg entlang. Juna zieht die Maske nach oben und unterstützt mich, indem sie den Wagen zusätzlich schiebt. Vorne an der Kreuzung wartet der Drache auf uns. Wir müssen es schaffen. Nur noch ein paar Meter.

Kurz bevor wir den Drachen erreichen, springt mich aus dem hohen Gras ein bellendes Wesen an und wirft mich zu Boden.

Juna kreischt. »David!«

Der Leiterwagen gerät ins Schleudern und kippt um. Das Dach zerreißt und ein Rad bricht ab. Das Wassermädchen überschlägt sich mehrmals auf dem Boden.

Ich drücke mit der Hand meine linke Seite. Es tut verdammt weh. Vor mir erhebt sich knurrend der Graswolf und fletscht seine Zähne. Shit! Nicht schon wieder!

Diesmal scheint er aber eher an dem Wassermädchen interessiert zu sein. Er fixiert sie und ich habe das Gefühl, dass er sie jeden Moment anspringen könnte. Das Wassermädchen robbt auf dem Boden vom Wolf weg und faucht ihn an.

»Hau ab!« Ich kicke mit dem Fuß in seine Richtung, doch das macht ihn nur aggressiver.

Juna zieht die Maske nach unten und streckt ihre Arme aus. Der Titan bewegt sich und stampft in unsere Richtung. Bei jedem Schritt bebt der Boden ein wenig. Wahrscheinlich dauert es nicht mehr lange, bis jemand die Polizei ruft, immerhin ist das Wohnviertel nicht weit weg.

Ich stelle mich wieder auf die Füße. Der Wolf schaut abwechselnd zum Wassermädchen und zu mir und geht zwei Schritte zurück.

»Ich komme mit dem Titanen nicht weiter«, sagt Juna. »Der Weg ist zu schmal.«

Ich schlucke. »Dann kann uns jetzt nur ein Wunder helfen.«

Ein merkwürdiges Summen kommt näher. Es klingt wie ein Bienenschwarm auf der Suche nach einer neuen Bleibe.

»Oder Kits Drohnen.« Juna grinst.

Um uns herum tauchen etliche kleine Drohnen auf, die den Graswolf verwirren. Er knurrt bedrohlich, doch die Drohnen lassen sich davon nicht beeindrucken. Sie feuern helle Strahlen auf ihn.

»Das ist ja wie bei *Star Wars*.«

Der Graswolf verzieht sich und flieht zurück ins hohe Gras. Die Drohnen lassen nicht locker und verfolgen ihn. Erleichterung macht sich in mir breit. Das war echt in letzter Sekunde!

»Okay, das ist unsere Chance«, fordere ich Juna auf. »Wir müssen das Wassermädchen zum Drachen tragen.«

KAPITEL 20
JUNA

Die Gefahr ist noch nicht vorbei. Als wir bei der Kreuzung zur Hauptstraße ankommen, entdecke ich eine Handvoll Vergessener, die beim Waldrand lauern und uns beobachten.

»Shit! Und was jetzt?«, fragt David besorgt. »Allein kommen wir gegen die nicht an.«

Als ob das nicht genug wäre, schimmert ein orange-rotes Licht zwischen den Bäumen und Ästen hindurch. Mir fällt es wie Schuppen von den Augen. Der Fackelgeist hat uns die ganze Zeit beobachtet. Er wusste, was wir vorhaben und wie wir uns aufteilen. Der Graswolf war ein Ablenkungsmanöver, damit Kit die Drohnen auf ihn hetzt und mit ihm beschäftigt ist.

»Juna?«, drängt David. »Was sollen wir tun?«

»Ich ... weiß es nicht.«

Wir können nicht weglaufen und das Wassermädchen muss so schnell wie möglich zurück ins Wasser. Uns bleibt nur eines übrig.

»Wir müssen kämpfen«, sage ich selbstsicher. »Du und ich. Wir kämpfen gemeinsam mit dem Titanen.« Ich zücke mein Handy. »Leute, wir sind an der Kreuzung und brauchen dringend Verstärkung.«

»Wir sind unterwegs«, meldet Ben zurück.

Das Wassermädchen robbt hinter uns ins Gras. David und ich setzen die Masken auf. Es kann losgehen.

Die Vergessenen merken, was wir vorhaben, und laufen auf uns zu. Ich bin sicher, dass sie uns dieses Mal nicht verschonen werden wie auf dem Piratenschiff beim Spielplatz.

David schreit und schwingt seine rechte Hand. Der Schwanz des Drachen reagiert und fegt zwei Vergessene weg.

In der Zwischenzeit steuere ich die Füße und versuche, den Titanen näher zu uns zu holen.

»Juna, es ist so weit«, höre ich die dunkle Flüsterstimme des Fackelgeistes in meinem Kopf. »Jetzt hilfst du mir.«

»Nein!«, schreie ich entschieden und lenke den Drachen zwei Schritte in unsere Richtung.

David schwingt den Drachenschwanz erneut zum Angriff und schleudert einen weiteren Vergessenen weg.

»Du weißt, dass ich nicht lüge.« Ich kriege das Flüstern nicht aus meinem Kopf. »Ben und Nika haben es selbst erzählt.«

»Halt die Klappe!«

»Juna? Alles okay?«, fragt David nach.

»Alles gut, mach weiter. Vorsicht! Links von dir!«

Weitere Vergessene tauchen auf. Sie erscheinen hinter den Hausecken, kommen aus dem Wald oder kriechen aus allen möglichen Löchern.

Wir haben es unterschätzt. *Ich* habe es unterschätzt. Ich hätte den anderen von dem Fackelgeist erzählen sollen.

»Und wo sind die beiden jetzt?«, spricht der Geist weiter. »Sie haben euch zurückgelassen, weil sie sich für etwas Besseres halten.«

»Nein!« Ich lenke den Kopf des Drachen zu den Bäumen hinüber, wo der Fackelgeist steht. Ich will ihn mit den Hörnern auf dem Kopf treffen, doch der Fackelgeist schießt mir eine Stichflamme entgegen.

»Woah! Was war denn das?« David versucht, den Drachen wieder unter Kontrolle zu bringen, aber der Titan schreit auf und stampft wild umher.

»Lass mich das Steuer übernehmen«, säuselt es in meinen Gedanken. »Ich bringe uns zum Schiff. Vergiss nicht, was ich dir versprochen habe.«

»Mich interessiert dein Versprechen nicht.« Ich starte einen zweiten Angriff mit dem Kopf, aber auch dieser wird vom Fackelgeist abgewehrt.

»Juna! Was tust du da?« David rudert wild mit den Armen herum. »Hör auf damit.«

Der rasselnde Atem wirkt bedrohlich und wütend. »Wenn du nicht willst, mach ich es eben allein.«

Obwohl ich den Kopf des Drachen wieder unter Kontrolle gebracht habe, spüre ich eine Kraft, die Gegensteuer gibt. Das ist echt der falsche Zeitpunkt für den eigenen Willen des Titanen. Aber das ist es nicht.

»Lass los«, flüstert der Fackelgeist. »Du bist zu schwach.«

Meine Hände steuern den Kopf, aber nicht so, wie ich will. Der Drache dreht sich und stampft auf uns zu.

»Juna! Du musst ihn drehen«, ruft David.

Mit aller Kraft versuche ich gegenzusteuern. »Ich kann nicht.«

»Was tust du?«

»Es tut mir leid!«

Der Kopf des Titanen holt aus und donnert auf uns herab. In letzter Sekunde springen wir zur Seite. Der Kopf erhebt sich und das Maul des Drachen hängt schief.

»David! Wir müssen hier weg«, warne ich, als der Kopf erneut bedrohlich ausholt.

David hält mit einem schmerzverzerrten Gesicht seine Seite. »Ich kann nicht.«

Er schiebt sein Hemd ein wenig nach oben und ich entdecke drei Kratzspuren, die vom Graswolf stammen.

David zieht die Maske aus. »Du musst ihn aufhalten.«

»Ich schaffe das nicht allein.«

»Doch. Ich glaube an dich.«

Davids Worte lösen ein Kribbeln in meinem Bauch aus. Er glaubt an mich. Das hat er tatsächlich gesagt. Ich kann mich nicht erinnern, wann ich diese Worte zuletzt gehört habe. Und dann noch von jemandem, der nicht zu meiner Familie gehört. Sondern von einem ... Freund.

Vielleicht habe ich mit den Moosburgern doch wahre Freunde gefunden. Wir halten zusammen und vertrauen einander. Genau darum geht es doch bei Freundschaften.

Ich lächle und nicke David zu. Mit neuer Kraft wende mich wieder dem Drachen zu, über den wir in den letzten Tagen so viel gelernt haben und der jetzt gegen uns verwendet wird.

Der Kopf donnert erneut auf uns zu. *David glaubt an mich.* Ich strecke dem Drachenkopf beide Hände entgegen und schreie, so laut ich kann. Kurz bevor er uns berührt, zerschellt er an einer Art unsichtbaren Wand in hunderte von Teilen.

Der Titan taumelt zurück und fällt in sich zusammen. Ich habe es geschafft. *Wir* haben es geschafft.

Gleichzeitig stirbt meine Hoffnung, dass wir es mit dem Wassermädchen in den See schaffen und den stählernen Adler finden werden. Ohne den Drachen ist das nicht möglich.

BEN

Es gibt einen gewaltigen Knall. Als Nika und ich über den Kiesweg zu David und Juna kommen, sehe ich, wie der Titan in sich zusammenfällt und nur noch ein Haufen Schrott ist.

»Das sieht gar nicht gut aus«, sagt Nika, als sie Davids Wunde bemerkt.

»Geht schon«, ächzt David und kneift die Augen zusammen.

»Wir müssen hier weg«, sagt Juna hektisch und zeigt in Richtung Drache. »Da sind Dutzende von Vergessenen.«

Erst jetzt bemerke ich das Wassermädchen im Gras, das um Luft ringt. »Ihr habt sie gefunden.«

»Der Leiterwagen ist kaputt«, sagt David. »Wir können nicht weg.«

Hinter uns leuchten zwei Scheinwerfer auf. Erschrocken drehen wir uns um. Es sind die Lichter eines Autos, das in einem wahnsinnigen Tempo auf uns zukommt. Es bremst ab, schlittert über den Kiesweg und bleibt ein paar Meter vor uns stehen. Es ist ein alter, verrosteter VW-Bus. Die Seitentür öffnet sich.

»Kommt rein!« Key winkt uns von innen herbei. »Wir müssen hier weg.«

Im selben Moment sirren etliche Drohnen über uns hinweg und schießen Lichtstrahlen auf die Vergessenen. Wir verlieren keine Zeit, schnappen uns das Wassermädchen und steigen in den Bus. Bevor Key die Tür schließen kann, drückt Kit aufs Gas und fährt davon.

Nika setzt sich zu dem Wassermädchen und streicht ihr übers Gesicht. »Hey, hörst du mich?«

Das Mädchen lächelt Nika schwer atmend an. Dann schließt sie die Augen.

»Wie lange ist sie schon ohne Wasser?«, fragt Nika.

David zuckt die Schultern. »Keine Ahnung. Wir wurden angegriffen und sie ist auf den Kiesweg gefallen.«

Nika schaut sie mitfühlend an. »Das hat ihr ordentlich zugesetzt. Wir brauchen dringend Wasser.«

»Hier.« Key reicht Nika zwei Plastikflaschen.

Sie kippt sie über dem Mädchen aus. »Das reicht nicht.«

»Haltet euch fest!«, ruft Kit von vorne. Es gibt einen Knall und Kit braucht einen Moment, um das Fahrzeug wieder unter Kontrolle zu bringen. »Da hat uns etwas gerammt.«

»Uns läuft die Zeit davon«, rufe ich nach vorne.

»Ich würde euch gerne mehr Zeit geben.« Kit drückt erneut aufs Gas. »Aber hier wimmelt es von Schattenwesen. Es sind mehr, als wir gedacht haben.«

»Wenn das so weitergeht, schafft sie es nicht bis zum See«, sagt Nika mit dumpfer Stimme.

David drückt die Hand auf seine Wunde. »Kann sie sich nicht in einen Menschen verwandeln, so wie du?«

Nika schüttelt den Kopf. »Sie ist ein reines Wasserwesen. Ich kenne sie nicht. Aber sie scheint uns zu kennen, sonst wäre sie nicht mit euch mitgekommen.«

»Wie, du kennst sie nicht?« Bisher hatte ich gedacht, dass sich alle Wesen, die im See leben, gegenseitig kennen.

»Du kennst auch nicht alle Leute, die in deiner Stadt wohnen. Genau so ist das bei uns.«

»Können wir mal kurz besprechen, wie es weitergeht?«, unterbricht Juna. »Der Titan ist zerstört. Ohne den kommen wir nicht in den See, weil wir von den Vergessenen umzingelt sind. Wir haben verloren, nicht wahr?«

»Wir haben eine letzte Chance«, erklärt Key. »Es gibt einen anderen Titanen in der Stadt. Aber den haben wir schon lange nicht mehr bedient. Da es ein Notfall ist, schlage ich vor, dass wir es versuchen.«

KAPITEL 21
DAVID

Key klärt uns auf, was als Nächstes ansteht und das ist echt heftig. Um nach Hause zu gehen und uns unter der Bettdecke zu verkriechen, ist es aber definitiv zu spät.

Wir fahren mit dem Bus durch die Kleinstadt, die wie ausgestorben ist. Einige von Keys Drohnen begleiten uns. Viele Leute sind im Urlaub und jetzt am Abend läuft nicht mehr viel. Trotzdem wundert es mich, dass die Anwohner noch nicht auf uns aufmerksam geworden sind.

»Da vorne!«, sagt Key und zeigt auf die Straße.

Kit bremst ab und hält am Straßenrand an. Key schiebt die Seitentür auf, springt aus dem Wagen und ruft: »Ich brauche Hilfe.«

Ben und Nika steigen ebenfalls aus und versammeln sich um einen Schachtdeckel. Key hantiert mit einem speziellen Werkzeug daran herum und gemeinsam hieven sie den Deckel zur Seite.

Key leuchtet mit einer Taschenlampe in den Schacht. »Hier ist es nicht so tief. Da unten gibt es genügend Wasser.

Geht immer geradeaus, dann mündet der Gang direkt in einen Bach.«

»Verstanden.« Nika zieht eine Stirnlampe, die sie von den Schlüsselmachern bekommen hat, über ihr Bandana und klettert die Leiter in den Schacht hinab. Ben und Key bringen das Wassermädchen in Position.

»Äh, Leute!« Ich beobachte durch die Heckscheibe, wie ein paar Vergessene auf der Straße in unsere Richtung kommen. »Beeilt euch! Gleich wird es ungemütlich.«

Sofort sirren die Drohnen auf die Vergessenen los. Ich hoffe, das hält sie ein paar Minuten auf.

Es dauert eine Weile, bis Ben und Key das Wassermädchen von oben in den Schacht hinabgelassen haben. Nika hilft ihr von unten, ins Wasser zu kommen. Hoffentlich erholt sich das Mädchen schnell, damit die beiden bis zum See schwimmen können. Rasch setzt Key den Schachtdeckel wieder an seinen Platz.

»Los! Und jetzt wieder rein!« Ben hechtet in den Wagen, dicht gefolgt von Key.

Kit tritt erneut aufs Gas und fährt uns weiter durch die Stadt. »Die Viecher sind überall.«

»Warte, bis wir am See sind«, warnt Key. »Dort ist es noch schlimmer. Hoffentlich funktioniert der Titan.«

Kit parkt den Bus bei einem Kreisverkehr, auf dessen Mitte ein gigantisches Nashorn steht, das aus Metallteilen zusammengeschweißt worden ist.

Mir bleibt kurz die Luft weg. »Du willst jetzt nicht sagen,

dass das Kunstwerk vom bekanntesten Kreisverkehr unserer Stadt ein Titan ist, oder?«

Key grinst. »Du wärst überrascht, was es noch alles gibt in dieser Stadt. Das hier ist erst der Anfang.«

Wir steigen aus dem Bus und eilen in die Unterführung des Kreisverkehrs hinab. Juna und ich nehmen unterwegs schon einmal die Masken hervor. Als wir unten ankommen, bleibe ich abrupt stehen. Genau unterhalb der Öffnung von der wir den besten Blick auf das Nashorn haben, hocken ein paar Jugendliche, die deutlich älter aussehen als wir.

»Hey, schaut euch mal diese Freaks an«, grölt einer der Jugendlichen, der uns bemerkt hat. »Wo seid ihr denn ausgebrochen?«

Jetzt wird seine ganze Clique auf uns aufmerksam. Zwei Jungs und zwei Mädchen stehen auf und stolzieren lässig auf uns zu.

Der grölende Typ bleibt dicht vor mir stehen. »Habt ihr ein wenig Kohle für uns?« Er stinkt nach Alkohol.

Ein Mädchen zieht ihn am Ärmel zurück. »Lass sie in Ruhe, Mirco.«

»Kommt ihr von einem Kindergeburtstag?« Der Typ grölt erneut, schaut zu seinen Freunden und signalisiert ihnen, dass sie mitlachen sollen.

»Wenn ich euch wäre, würde ich lieber ein paar Schritte zurückgehen«, warnt Key und bahnt uns einen Weg zur Öffnung.

Juna und ich setzen die Masken auf und nehmen unsere Position ein, indem wir die Hände ausstrecken. Das Gelächter der Jugendlichen hallt durch die Unterführung.

»Lasst euch nicht ablenken«, sagt Key. »Wir haben keine Zeit. Die Vergessenen sind sicher gleich da.«

Ich spreize die Finger und bewege meine Hände. Ich spüre einen starken Gegendruck. Entweder ist das Ding so eingerostet, wie es aussieht, oder es lässt sich nicht bewegen. Juna ächzt neben mir, weil sie dasselbe Problem hat.

»Bewerbt euch mit der Nummer mal bei einer Castingshow«, grölt Mirco, gefolgt vom Gelächter seiner Freunde.

»Denkt an das Training«, flüstert Kit uns zu. »Ihr müsst euch in das Nashorn hineinfühlen.«

Wir starten nochmals einen Anlauf und bewegen unsere Hände. Plötzlich dröhnt und quietscht es. Hat sich das Ding bewegt? Die Erde beginnt zu beben und für einen Moment habe ich das Gefühl, dass die Unterführung einstürzt.

»Hey, was geht denn hier ab?«, ruft Mirco, gar nicht mehr vorlaut. »Hört auf damit!«

Key wendet sich Mirco zu. »Das ist der Moment, in dem ihr weglaufen solltet, wenn ihr euch nicht nass machen wollt.«

Die Jugendlichen überlegen wahrscheinlich, ob sie doch noch einen Spruch raushauen können, ergreifen dann aber die Flucht.

Jetzt kann ich mich voll auf das Nashorn konzentrieren. Mit einem gewaltigen Knall löst sich ein Fuß des Titanen aus der Verankerung. Kurz darauf befreien wir die anderen Beine.

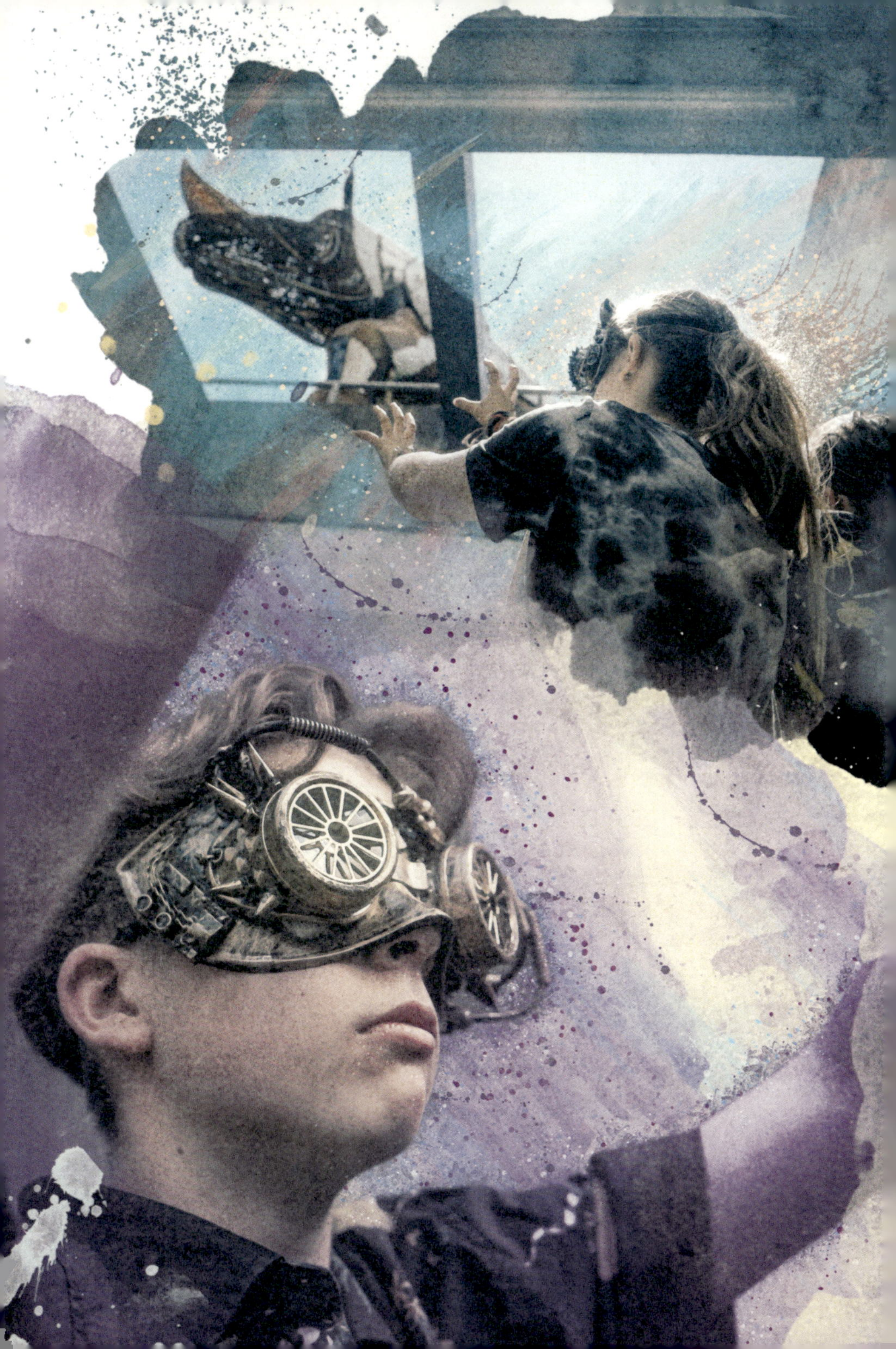

Die Lampen in der Unterführung beginnen zu flackern und ich habe das Gefühl, mitten in einem Horrorfilm zu stecken.

»Ich will nicht alles zerstören«, rufe ich den Schlüsselmachern zu.

»Das seid nicht ihr«, antwortet Key und sieht sich um.

Ich schaue mit der Maske durch einen der Gänge und erkenne im flackernden Licht einen Graswolf, der sich anschleicht. »Key!«

»Hab ihn gesehen!« Aus einem Handschuh schießt Key dem Wolf einen Lichtstrahl entgegen, damit er nicht näherkommt. Kurz darauf zischen die Drohnen durch die Gänge und übernehmen die weitere Arbeit.

Wir verlassen die Unterführung durch einen anderen Gang und steuern das Nashorn auf die Straße. Als ich bei einem Bein ankomme, bleibe ich kurz ehrfürchtig stehen. Ich merke erst jetzt so richtig, wie groß das Teil ist.

Über die Beine klettern wir an dem Metall-Nashorn hoch, bis wir im Inneren des Kopfes ankommen.

»Bereit?«, frage ich in die Runde.

»Bereit«, kommt es von Ben zurück.

NIKA

Wir haben es geschafft. Das Wassermädchen und ich sind im See angekommen. Die Vergessenen haben uns sogar durch den Kanal verfolgt, doch wir waren schneller als sie, weil wir in unserem Element sind.

Hier fühle ich mich frei und es tut so gut, jemanden zu sehen, der ähnlich ist wie ich und das fühlt, was ich fühle.

Mitten im See warten wir auf die anderen. Hier draußen sind wir sicherer. Ich hoffe so sehr, dass meine Freunde es geschafft haben, den zweiten Titanen zum Leben zu erwecken. In der Ferne höre ich ein Dröhnen. Bitte, sie müssen es sein. Dieser Spuk muss endlich ein Ende haben.

Ich atme erleichtert auf, als auf der Straße ein gigantisches Nashorn auf den See zustürmt. Das kann nur ein Titan sein. Wir nähern uns dem Ufer, damit wir meinen Freunden helfen können.

Ein paar Vergessene haben es geschafft, auf das Nashorn zu klettern. Sie halten sich daran fest und versuchen, den Kopf zu erklimmen.

Am Ufer stellen sich ihm noch mehr Vergessene in den Weg. Sie wollen den Titanen stoppen. Aber keine Chance. Mit einer gewaltigen Wucht durchbricht das Nashorn die Sperre und prescht ins Wasser hinaus.

Der Titan stößt schreiende Laute aus und rudert mit den Beinen. Er hält sich nur ein paar Sekunden an der Oberfläche, bis er hinabsinkt.

»Wo seid ihr?«, rufe ich und versuche, durch die Metallstangen einen Blick ins Innere des Nashorns zu erhaschen.

Lichtstrahlen schießen aus dem Titanen heraus und werfen die Vergessenen ab, die sich sofort an Land retten.

»Wir sind hier.« Es ist Ben. »Wir suchen den Ausgang.«

»Kommt schnell raus, sonst geht ihr mit dem Teil unter. Und trinkt das Elixier.«

Es dauert nicht lange, bis alle Moosburger den Titanen verlassen haben und bereit sind, mit mir in meine Welt zu kommen, um endlich das zu finden, wonach wir in den letzten Wochen gesucht haben.

»Wir halten hier die Stellung und geben euch Rückendeckung«, sagt Key.

Ich nicke ihm zu. »Danke, für alles.«

Wir anderen tauchen ab. David starrt immer wieder irritiert zu mir, wendet den Blick dann aber ab, als ob er sich ertappt fühlt. Juna lächelt mir zu und ich habe das Gefühl, dass sie versteht, weshalb ich die letzten Tage so abwesend war.

Als David und Juna sich an die Kiemen und an mich mit Fischschwanz mehr oder weniger gewöhnt haben, greife ich nach Bens Hand. David und Juna halten die Hände des anderen Wassermädchens, damit wir alle schneller vorwärtskommen.

Gemeinsam tauchen wir tief hinab. Obwohl ich angespannt bin, pocht mein Herz vor Freude. Meine Freunde erleben gerade, was ich vor ihnen geheim gehalten habe. Ich kann ihnen zeigen, wer ich bin, und muss diese Seite nicht mehr verstecken.

Das Mädchen führt uns an eine tiefe, dunkle Stelle des Sees, die dank den Leuchtquallen etwas erhellt ist. Wir nähern uns dem Grund des Sees und plötzlich sehe ich vor mir die Umrisse von etwas Großem. Ich erkenne eine Reling und einen Mast. Alles ist mit Rost überzogen.

Das Wrack des stählernen Adlers offenbart sich direkt vor uns. Fragend blicke ich zu dem Mädchen, in der Hoffnung, dass sie uns sagt, was wir tun müssen. Doch sie zuckt nur mit den Schultern.

In der Stille höre ich ein Flüstern. Zuerst denke ich an die Vergessenen, die möglicherweise doch einen Weg in den See gefunden haben. Doch dann erinnere ich mich an den Schlüssel, den ich bei den Prüfungen gefunden habe und seither immer bei mir trage.

Ich lasse Ben los, nehme den Schlüssel hervor und erkunde das Wrack. Die anderen bleiben, wo sie sind, weil sie sich nicht so schnell bewegen können wie ich.

Das Flüstern wird mal lauter, dann wieder leiser und mir wird klar, dass ich mich vom Flüstern leiten lassen muss, genauso wie Ben, wenn er auf den Kompass hört.

Als ich beim Steuer auf der Brücke des Schiffes ankomme, höre ich das Flüstern am deutlichsten. Mit dem Schlüssel in der Hand suche ich ein passendes Schloss.

Da, auf dem Knauf, in der Mitte des Steuerrades, ist eines. Ich stecke den Schlüssel hinein und drehe ihn um.

Das ganze Schiff beginnt zu zittern und droht, jeden Augenblick in sich zusammenzufallen. Es knarrt und bebt und plötzlich bewegt sich das Wrack nach oben. Zuerst langsam, dann immer schneller.

Ich winke den anderen Moosburgern zu, damit sie zu mir kommen. Alle halten sich an der Reling fest und gemeinsam werden wir auf dem Wrack wie in einem Fahrstuhl an die Oberfläche gebracht.

Das Schiff steigt aus dem Wasser empor und macht nicht Halt, als wir oben ankommen. Es steigt weiter in den Himmel. Wie eine schwebende Insel, aus der etliche Wasserfälle hinunterjagen.

Ich blicke nach unten und sehe das Wassermädchen, das im See zurückbleibt. »Danke!«, rufe ich und sie winkt mir zu. »Leute! Wir haben es geschafft!«

»Das ist ein riesiges Teil!«, staunt Ben.

David klammert sich zitternd an die Reling. »Wie weit geht das noch hoch?«

Ich lache auf, weil ich nicht fassen kann, dass wir es tatsächlich geschafft haben.

KAPITEL 22
BEN

Wir sitzen am Seeufer und blicken auf die Sonne, die langsam hinter dem Horizont verschwindet. Fast ein ganzer Tag liegt zwischen dem, was wir gestern erlebt haben und diesem Moment.

Wir sehen mitgenommen aus. Davids Wunde wurde versorgt und es geht ihm besser. Wir sind glücklich, dass wir es geschafft haben.

Seitdem ich den Kompass vor ein paar Wochen gefunden habe, ging es immer nur darum, den stählernen Adler zu finden, weil wir ihn scheinbar brauchen, um die vergessene Welt zu retten. Jetzt haben wir ihn.

Nachdem wir damit in den Himmel emporgestiegen sind, ist das Wrack zur Moosburg geflogen und hat den Weg zum Schrottplatz gefunden. Key und Kit kümmern sich drum und werden es reparieren.

Die Schattenwesen haben sich verzogen. In der Zwischenzeit können wir hoffentlich kurz aufatmen und unser anderes

Leben in Ordnung bringen. Ich habe gewaltig Ärger am Hals. Obwohl Ferien sind, bin ich gestern viel zu spät nach Hause gekommen. Aber egal, was für eine Strafe mich erwartet. Es hat sich gelohnt.

Es mag komisch klingen, weil ich in meinem ganzen Leben noch nie so etwas Gefährliches wie in den letzten Wochen erlebt habe. Aber ich habe mich noch nie so frei gefühlt wie in diesem Augenblick. Trotz all der Gefahren, die die vergessene Welt mit sich bringt, hat sie uns auch so viel Gutes geschenkt.

Mit dem Schrottplatz haben wir ein Geheimversteck gefunden. Ein neues Zuhause. Und mit den Schlüsselmachern haben wir Verbündete auf unserer Seite. Gefährten, die uns auf unserer Reise begleiten.

Und was noch wichtiger ist, wir haben uns gefunden. Freunde, die zusammenhalten, auch wenn die Welt um uns herum untergeht.

Durch die Prüfungen haben wir die Bestätigung bekommen, dass wir bereit sind, in die Fußstapfen der Moosburger zu treten. Dass wir eine Mission haben, bei der es um so viel mehr geht, als ich mir je vorgestellt habe. Die vergessene Welt braucht uns, das ist uns allen bewusst geworden, obwohl wir erst einen Bruchteil davon kennen.

Da draußen schlummern noch viele Geheimnisse. Allein wenn ich daran denke, was sich in den Tiefen des Sees alles verbirgt!

Das wichtigste und schönste Geheimnis durfte ich aber lüften. Ich weiß jetzt, weshalb Nika so ist, wie sie ist. Sie wird uns bestimmt noch einiges erklären müssen, vor allem David und Juna. Doch zuerst müssen wir all die Eindrücke sacken lassen.

Wir sagen nichts, sondern sitzen nur da und blicken auf das goldene Licht, das auf dem See glitzert. Und während die Leute um uns herum grillen, Eis essen, baden, spielen und den Sommer genießen, bereiten wir uns auf das nächste Abenteuer vor.

DANKSAGUNG

Ein großer Dank geht an meine Frau Jenny. Danke, dass du dich um alles gekümmert hast, während ich erneut in der Welt der Moosburger war. Danke für die Organisation im Hintergrund bei den Drehtagen und das allererste Feedback zur Geschichte.

Danke Mama und Papa für die Unterstützung und die lieben Worte, die im richtigen Moment motivierten.

Jonas, Marieke, Thies und Salome: Ich war schon beim ersten Mal absolut begeistert, wie ihr die Figuren zum Leben erweckt habt. Beim zweiten Mal habt ihr meine Begeisterung noch verstärkt. Herzlichen Dank für euren Einsatz an den Drehtagen und für euer Vertrauen. Die Zeit mit euch ist ein unvergessliches Abenteuer, in dem ich noch eine Weile bleiben möchte.

Florian und Jan: Was im Jahr 2013 mit den *Cache Hunters* in einem Sommerlager begonnen hat, wird mit den Moosburgern ein Ende nehmen. Danke, dass ihr zurückgekehrt seid und mir dadurch den großen Wunsch erfüllt habt, mit euch gemeinsam die Geschichte weiterzuerzählen, damit sie abgeschlossen werden kann. Es fühlte sich an wie damals.

Ich danke dir, Timo, dass du wieder wunderbare Bilder eingefangen und die Welt der Moosburger sichtbar gemacht hast. Einfach schön, dass wir uns gemeinsam kreativ austoben konnten.

Ein moosburgischer Dank geht an den Abenteuerspielplatz Holzwurm in Uster. Danke, dass wir bei euch drehen durften. Es hat unglaublich Spaß gemacht.

Herzlichen Dank allen Leuten, die beim Testlesen dazu beigetragen haben, dass die Geschichte so wurde, wie sie jetzt ist.

Frau Force, Ihnen danke ich für die kilometerlangen Sprachnachrichten, die bestimmt schon mehrmals die Welt umrunden würden. Danke, für diesen wertvollen Austausch.

Ein Dankeschön mit Konfettiregen allen Leuten aus der Kinderbuchmanufaktur. Ihr teilt die Begeisterung und findet die richtigen Worte, wenn es mal nicht so rund läuft. Es ist ein Fest, mit euch unterwegs zu sein.

Zum Schluss danke ich euch allen, dass ihr in meine Abenteuer eintaucht und anderen Leuten davon erzählt. Danke für eure Nachrichten, Rezensionen, Fragen und lieben Worte. Mit euch gemeinsam das Abenteuer zu erleben, ist das Schönste überhaupt.

BONUSMATERIAL

www.marco-rota.com

Entdecke das Abenteuer hinter der Geschichte: Buchtrailer, Einblick in die Dreharbeiten, zusätzliche Fotos, Infos zu den Darsteller*innen, Entstehung der Geschichte und vieles mehr!

AUTOR

Marco Rota, geboren 1987, erzählte als Jugendarbeiter in Zeltlagern gerne Gruselgeschichten am Lagerfeuer. Daraus entstanden seine ersten Kinderbücher. Er wurde Chefredakteur einer Kinderzeitschrift, studierte Journalismus und arbeitete als Redakteur bei einem Radiosender. In dieser Zeit erschienen seine ersten Verlagsbücher. Heute ist er vorwiegend als Kinderbuchautor und freier Journalist tätig und lebt mit seiner Frau und seinen zwei Söhnen bei Winterthur in der Schweiz.